土に贖う

河﨑秋子

集英社文庫

目次

土に贖《あがな》う

蛹《さなぎ》の家

家の中から雨音がする。布団に入って耳をそばだてれば、屋外ではなく家の中心から雨のように音が響いてくるのをヒトエは感じた。薄い板壁を隔てて聞こえてくる雨音の正体は、何百何千という蚕《かいこ》が桑の葉を食《は》んでいる音だ。ざざ、ざざっというその音を聞くと、〝おかいこさん〟が元気に育ってくれていると安心する。

明治の世が三十年を越しても、ここ北海道・札幌《さつぽろ》の一角では夜の闇はまだ濃く深い。幼い頃、ヒトエは壁一枚隔てた屋外でキツネなど野生動物の気配がするだけで恐ろしがったものだが、多忙な母は昔話を一通り語り終えると、ヒトエが眠りこむ前に帳簿付けへと戻ってしまった。だからヒトエは赤ん坊の頃から蚕の音を子守唄がわりにして眠ってきた。このため彼女は蚕が桑を食べる音を聞くと、たとえそれが昼間であっても、寂しいような温かいような、不思議な感覚に襲われるのだった。

そんな雨音に似た音に包まれて、ヒトエは同じ夢を見ることが度々あった。布団にくるまっている自分が、いつしか藁《わら》でできた蔟《まぶし》に収められた蚕と同じように、繭を作り始める夢だ。体のあちこちから出てくる柔らかな糸に包まれて温かい眠りについた後、繭を割り開いて外へと出るのだ。

そのとき自分がどんな姿になっているのか彼女には分からない。姿見がないから見られないし、なにより眩《まぶ》しくて周囲がよく見えないのだった。この繭の外側に何が待ち受けているのか知らないまま、ヒトエは繭の裂け目から外へと身を乗り出す。顔を冷たい空気が撫《な》でていくのを感じる。夢はいつもそこで終わる。過程も結末もいつも変わらない夢が、どうしてか幾度も繰り返されるのだった。

○

「〝おかいこさん〟を育てるにはな、桑に始まって桑に終わるんだ」

それがヒトエの父親、善之助《ぜんのすけ》の口癖だった。右手に桑の葉と一匹の蚕を載せ、左手でヒトエの小さな頭を撫でて、温かい声で言い聞かせる。それが父に関する彼女の一番古い記憶だ。蚕に携わる者は、蚕に〝お〟と〝さん〟を付けて、〝おかいこさん〟と呼ぶことが多い。父のその発音はとりわけ優しく、あの小さな虫達に対する確かな親愛が込められていた。

「ヒトエだって母さまが炊いてくれたご飯を毎日食べるだろう。それが美味《おい》しいと嬉《うれ》しいだろう。おかいこさんも同じだよ。美味しいものを毎日食べていれば、機嫌よく育ってくれる。機嫌がいいと、どんどん大きくなっていい糸を沢山出してくれる。その繭のお蔭《かげ》で人間は美味しいご飯を頂けるんだよ」

父の掌《てのひら》の上にいる蚕は、人間の言葉などわれ関せずとばかりに黙々と桑の葉を食べている。もう三度も脱皮を繰り返した蚕はふっくら肥《ふと》り、あと一度、眠《みん》とよばれる静止期間と脱皮をして熟蚕《じゅくさん》となったら、立派に繭を作り始めることだろう。その時に出される真っ白な糸が、ひいては自分のご飯のもとになる。ヒトエは幼いながらも、その仕組みの不思議さに驚いたものだった。

ヒトエは数えで十二歳となった今も、桑の葉が蚕と生糸《きいと》とを通じて自分の糧《かて》となるという不思議さに、新鮮な驚きを感じる。その仕組みに感謝しながら、彼女はいつも使用人達に混ざって春先の桑の葉摘みに勤《いそ》しむのだ。

養蚕に使う蚕は人間が改良を重ねた昆虫であり、自然界にはいない。当然、ここ北海道にも江戸時代末期に和人《わじん》が持ち込むまで蚕はおらず、養蚕の技術は存在しなかった。ただし、蚕がいなくても、蚕が食べる桑、野桑はふんだんに生えていた。空へとすくすく伸び、豊かに重なる幅広の葉。幕末、明治を通じて北海道へと立ち入った和人達はこの野桑の葉が茂るさまを見て、思い至る。原生林が開墾を阻み、慣れ親しんだ水稲もなかなか育たないこの地において、自然に生えているこの葉を有効に使って銭を稼ぐ方法。

それが養蚕だった。蚕を本州から持ち込み、大量に生えているこの桑の葉を食わせ、生糸を採ろうというのだ。その発想は有効に思われた。何せ日本の開国以降、生糸は輸出品の主力として国の財政を潤し続けている。当然、政府の肝煎《きもいり》で相応に人と財が注ぎ込まれ、北海道に多くの技術者が送られた。ヒトエの父もその一人だ。

父、善之助はもとは愛媛の松山で蚕の研究に勤しみ、さらに東京の養蚕施設で学んだ後、明治政府に乞われて単身北海道に渡ったとヒトエは聞いている。技術と体力を持ち、前途有望な若者だった善之助は開拓使のもとで札幌に績誠館《せきせいかん》という蚕種所を作り、新天地での養蚕技術研究に努め、苦労の果てに成功して所帯を得ていた。ヒトエはその長女である。五歳上に壮太郎《そうたろう》という兄がいる。

蚕種所というのは蚕蛾《かいこが》を育てて繁殖させ、より良い卵や蚕を作り、養蚕を副業で行っている一般農家に販売する施設だ。このため、広い敷地内に桑畑と住宅を兼ねた大きな作業小屋を有している。当然、人も多く使い、通いや住み込みで朝夕なく働く従業員は、蚕とともに日々暮らしていた。

ヒトエが住む札幌の集落は、南と西に山を背負い、南北を川が貫きながら北側に石狩《いしかり》湾を望む低湿地だった。どこまでもぬかるむ土。ここを田畑にするには相当の労苦が必要だと思われていた時、野桑を利用した養蚕に活路が見出《みいだ》されたのは当然の成り行きだった。特に養蚕は、農家に安定した副収入をもたらすことが期待できる。未開の地を切り拓《ひら》いて畑や水田を一から作っていかねばならない辛苦の中、生えている桑の葉で高価な生糸を生産できる可能性があるとなれば、実に効率的と目されたのだった。

善之助の誠実な働きと、札幌近郊の農家の養蚕技術への需要はみごとにかみ合った。最初小さかった蚕種所は次第に規模を拡大し、技術を学びたいという者の住み込みも増え、蚕種の販売以外に生糸の生産自体も行うようになった。こうして績誠館は善之助の最初の理想をさらに超え、札幌が開拓の中心地として発展するのと呼応するように繁盛ぶりを見せていった。

績誠館の朝は早い。人々は大地をひんやりと覆う朝露が陽光を帯びる頃には活動を始める。大籠を背に外へと繰り出し、朝ぼらけの中、袖が露で濡《ぬ》れるのも厭《いと》わず桑の葉を摘むのだ。ヒトエも自ら籠を背負ってまだ薄ら寒いなかを畑に出て作業を手伝う。

他の植物よりも蛋白質《たんぱくしつ》が多く含まれた桑の葉。特に、冬の寒さから木が目覚める春の今頃、枝先に四、五枚茂り始めた葉は上等だ。若すぎる葉は勿体《もったい》ない。固すぎてもいけない。慣れた手つきで丁度よい葉を求め、露を払っては黙々と籠へと放り込んでいく。ただの木の葉が蚕の餌となり、ひいては純白の美しい糸となるのだから、その作業に妥協はない。

「ヒトエちゃん、お早《はよ》うさん」

「お早うさん、信《のぶ》ちゃん」

　桑の木の間を歩くうち、濃い霧の合間から一つの人影が歩み寄ってきた。績誠館で働く信代《のぶよ》という少女だ。父親を早いうちに亡くし、母親と共にここで働いている。ヒトエにとっては二つ上の、姉のような存在だった。自分と同じに手拭いを姉《あね》さんかぶりにしていても、信代はひどく大人っぽいようにヒトエには思える。

「ヒトエちゃんが手伝ってくれると、低い葉っぱ採ってもらえるから助かるなあ」

　信代は身長も高いから、ヒトエの手が届かない葉も容易に採ることができる。そのことを威張るふうもなく、さりげなくヒトエの負担を軽くするようなことを言ってくれる。それが経営者の娘への気遣いではなく、普通の優しさとして口にするところに、ヒトエが信代を慕う理由があった。

「ああ、葉がまだ若いねえ。早く桑の実ならないかなあ」

「ヒトエちゃんそればっかりね。折角おかいこさんが喜ぶ柔らかい葉っぱだっていうのに」

「だって、桑の葉だと乾かして粉にしてお饅頭《まんじゆう》に入れないと美味しくならないけれど、実はそのまま食べても甘くて美味しいじゃない」

「それもそうだけどねえ。だからって、去年はヒトエちゃん、食べすぎだわ。お腹《なか》壊してまで食べてたでしょ」

「もう今年はそんな失敗しないもの。学年もひとつ上がったのだし、去年のわたしとは違うもの」

「はいはい、そういうことにしておきましょ」

ヒトエと信代はたわいのない話をしながらも、手はきびきびと動かして丁度良い桑の葉を背の籠へと放り込んでいく。これらの桑は蚕種所ができた後、苗から育てられたものだった。養蚕が導入され始めた頃、蚕の餌は自然に生えている野桑のみに頼っていたが、やがて足りなくなっていった。若い葉を集中的に採取するのだから、当然のことではあった。だからといって休みなく育つ蚕を飢えさせる訳にはいかない。やがて本州で人工的に植えられていた桑の苗を持ち込んで、本格的に桑畑として栽培するようになっていた。

山のように積んだ葉は、そのままだと蚕は食べづらい。まだ生まれて間もない蚕はなおさらだ。一枚一枚、専用のまな板の上で丁寧に重ね合わせ、大きな鉈《なた》にも似た包丁で刻んでいく。

とんとん、ざくざくという音と共に、作業部屋の中は青い香りで満たされていく。青くさく、決して芳《かぐわ》しい訳ではないが、ヒトエはこの香りが好きだった。なにせこの葉のお蔭で虫が生糸を作ってくれるのだ。真っ白で美しい絹糸のもととなると思えば、桑の香りはどこか生薬《しょうやく》の香りのようで、嗅いでいると体のすみずみまで活性化されていくような気がした。

刻んだ桑は、卵から孵《かえ》って間もない、毛蚕《けご》と呼ばれる幼虫に与える。小指の爪ほどの長さもない、しかし全身を細かな毛で覆われた幼虫は、刻まれた桑の匂いを頼りにせっせと桑にかじりつき始める。誰かが教えてくれた訳でもないのに、とヒトエはいつも不思議に思う。

幾度かの脱皮を経て、繭になる時期が近づいてきた蚕はもうヒトエの掌ほどの長さで、太さも親指より太い。こちらはすでに葉を食べるのにも慣れたもので、刻まれていないままの葉でも上手に食べていく。幼虫が丈夫な顎で固い桑の葉を食べる時、雨音にも似たあの特徴的な音がするのだ。

「ほら、ほら、ほら、ほら。いっぱい食べな。いっぱい食べて、いい糸出してなぁ」

ヒトエは蚕が元気に育ち、もりもりと葉を食べる時のこの音が大好きだった。言葉など分からない蚕に、思わず声を掛けて労《いた》わってやる。

古参の従業員などは蚕が桑を食べる音を「金がじゃりじゃり鳴る音に聞こえる」と言って笑う。健康な蚕が健康な糸を産してようやく銭《あし》となるのだからその言い分ももっともではあるのだが、ヒトエは単に蚕に餌をやり、そうして蚕を充足させてやれているという行為それ自体に満足を覚えるのだった。

蚕室のある部屋とは少し離れて、ヒトエの父の作業部屋はある。多くの蚕は繭を完成させた後に繭ごと茹《ゆ》でて絹糸を採るのだが、選《え》りすぐったいくつかは繭から成虫を羽化させて、卵を産ませるのだ。その繁殖を促し、各地に送る蚕種を作るのが善之助の大事な仕事だった。

蚕は羽化して成虫になっても飛ぶことができない。人に飼われる前の原種はもちろん飛べたらしいが、糸を採るために長い年月をかけて改良を重ねた結果、糸を作る胴体ばかりが大きくなって羽は退化し、足でもぞもぞと地面を這《は》うだけの虫になったという。善之助は金属で作った輪を用意し、その中に成虫を入れる。ちょうど底のない弁当箱に入れられたようになるが、成虫はもちろんその低い壁さえ越えられない。その中で雌雄《しゆう》を混ぜて交尾をさせ、一匹の雌蛾に五百個ほどの卵を産ませるのだ。いずれも鋭い観察力と集中力が必要な作業で、ヒトエは戸の陰からいつも父の作業を眺めるものの、その緊迫した様子を息を殺しながら見守るばかりだった。

まだヒトエが今よりもう少し小さい頃、どうしても不思議に思ったことがある。

「おかいこさんは桑を沢山食べて、繭になって眠って。そうやって蛾になったらどうして何も食べないのです？　食べたら死なないでずっと生きていられるのではないの？」

素朴で真っ直《ま》ぐ《す》な娘の質問に、父は少し困ったように首を傾けたのだった。しばらく考えた後、微笑《ほほえ》みながら口を開いた。

「本当のことはおかいこさんに訊《き》いてみないと分からないのかもしれないけどね。たぶん、おかいこさんにとっては子どもを残すことが一番大事で、それが終わったらもう何もできない、もしくは何もしたくないのではないかな」

「よく分かりません」

ヒトエは眉間に皺《しわ》を寄せ、父の真似《まね》をして首を傾《かし》げた。斜めになった視界のまま、目の前の作業台でもそもそと動く成虫をそっと指先で撫でる。獣の赤ん坊のように真っ白な毛で覆われたその胴体は、触るととても気持ちがいい。毛の間に鎮座している真っ黒な目も、とても可愛《かわい》い。しかし蚕蛾の成虫には蝶《ちょう》や他の蛾にあるような口吻《こうふん》がない。幼虫の頃はあれだけ多くの桑の葉を平らげるというのに、大人になった途端に絶食して卵を残して死んでいくだけなのだ。

「こんなにふわふわで可愛らしいのだから、もっと長く生きられればいいのに」

「そうだなあ」

善之助も手を伸ばして蚕蛾の胴体にそっと触れながら、なかば溜息《ためいき》を吐《つ》くように呟《つぶや》いた。

「可愛いからかどうかはともかくとして、長生きすることが間違いなく幸福なのであれば、長生きすべきなのだよな。本来、全ての生き物は」

父親の言葉が自分の求めていた答えでないことに戸惑いながら、ヒトエは口をへの字に結んでいた。父の言う事は時々自分の理解を超えて、勝手にそちら側で完結してしまう。しかし父がどこか虚《うつ》ろな目で蚕蛾を見つめている様子に、言うべき抗議は喉の奥へと引っ込んでしまうのが常だった。

桑を食べて眠って脱皮して、そうしてまたひたすら食べて成長していく蚕のように、自分もいずれ大きくなったその時には父の言葉が半分ぐらいは分かるようになっているだろうか。幼かった頃のヒトエはおぼろげに自分の将来を考えたものだったが、実際、少し大きくなった現在のヒトエもまた、自分の行く末など分からないし、善之助の真意も分かりはしない。人間は蚕と違って大人になっても食事は摂《と》れるが、言えないことは増えるばかりだと学んだのが精々だった。

○

まずは蚕の腹を満たしてやってから、人間の朝飯は始まる。従業員は皆、一番大きな作業部屋を使って用意された飯をかき込む。大抵は麦飯に汁と、漬物の二、三切ればかりのささやかな朝餉《あさげ》だ。

しかし通いで働く人員のうち、この賄いが一日で最も良い飯だという者は少なくない。

北の地に流れて足掻《あが》く者、夢破れて再起を図るもなお光の見えない者など、働く者達の出自はそれぞれだ。お互い、過去について多く語ることもないが、その代わりに人に傷をえぐられる心配もない。蚕を育てるのに必要なのは誠実さと勤勉さであって、過去は要らないというのが績誠館の主たる善之助の主義であり、揺るがない信念でもあった。

ヒトエは棟続きとなっている住宅で、家族と共に朝食を摂る。父と母と兄と自分。白米の比率が多い麦飯に干し魚に野菜が入った汁物。従業員の賄いよりも少しだけ豊かな朝飯の内容を、ヒトエは信代に語ったことはなかった。

家族で膳を囲みながら、善之助は箸を止め、顔を上げた。

「壮太郎は群馬へ行く支度は整ったのか」

ヒトエの兄、壮太郎は丁寧に箸を置くと、「はい、整いました」と応じる。

「大荷物にすると道中困りますし、衣服と、本が幾つかですから。準備という程ではありません」

「そうか」

折り目正しい息子の答えに、両親は目を細めて頷《うなず》いた。壮太郎は三日後には群馬の紡績工場へと修業に行くことになっているのだ。もちろん、将来的には績誠館を継いでさらに大きくする為である。

ヒトエにとって壮太郎はよくできた兄で、何かしら失敗したところを見た覚えがない。

今も畳に坐《ざ》しながら、母が火熨斗《ひのし》をあてた袴《はかま》に余計な皺ひとつ作っていない。かといって妹に厳しいでもなく、父譲りの鷹揚《おうよう》さで穏やかに接してくれる。ヒトエの自慢の兄だった。

「群馬って、夏はすごく暑いのでしょう。気を付けなさいね」

「ええ気を付けます、母さま」

「夏が暑いのなら、ではもしかして雪は降らないの？　父さまのふるさとの四国みたいに」

「四国ほど温かい地域ではないし、群馬は山が近いから雪は降るようだよ」

「へえ！　南なのに雪が降るのねえ！」

ヒトエは兄が向かう新天地の情報に驚きつつ、これからのことに思いを馳《は》せた。何でもできるこの兄はきっと群馬というところで多くのことを学んで帰り、この績誠館をさらに大きくしてくれるだろう。そうしたら、もっと沢山の蚕を育てて、今よりさらに養蚕を北海道に広められる。それはまさに父の望みであったし、父の願いが叶《かな》えられることはヒトエにとっても喜びであった。

食事の後、ヒトエにはいつも密《ひそ》やかな楽しみがあった。お櫃《ひつ》の壁に残った白米を水でうるかし、庭に撒《ま》くのだ。そうすると馴染《なじ》みの雀《すずめ》や鵯《ひよどり》が先を争って啄《ついば》みに来る。

従業員の食事では、櫃についた米一粒とてこそぎ取られるからこうはいかない。ヒトエの母、ヨシエは、櫃の壁に残った乾いた米まで食べるとは浅ましいと言ってこれを嫌う。ヨシエは北海道に最初に屯田兵《とんでんへい》として赴任した家から嫁いできた。屯田兵は普段こそ耕作をし、大きめの普通の農家とさほど変わりはないが、有事の際は軍人としてお国を護《まも》るのだという誇りに満ちている。ヨシエの実家はとりわけこの傾向が強かった。

もちろんヒトエも米粒の一つ一つまで大切に食べているから、鳥にやることに少しの後ろめたさは感じる。それでも実際に餌をやると鳥達はそれなりに人に馴れて、ヒトエが庭に出てくるのを待ちわびるように傍《そば》の枝で待っていたりもする。そうなるとたまらなく可愛らしく思えて、米を鳥にやる習慣が身についてしまったのだった。

柔らかくなった米数粒を庭先に放りだすと、まず数羽の雀がやって来る。それからすぐに、鶺のつがい数組がヒィヨヒヨとけたたましい鳴き声と共に飛んでくる。彼らはあっという間に雀を蹴散らし、大きな粒を啄んで、またけたたましく帰っていく。散らされた雀は残った米の欠片《かけら》を丁寧に拾いに来るのだ。その様子を眺めるのがヒトエは好きだった。

優しい父は鳥に米をやることについて、「働いている皆にこんな姿を見せてはいけないよ」と小さく窘《たしな》めただけだった。故にヒトエもこの小さな楽しみを信代にも言わないままでいる。だがヒトエにとっては、蚕に桑をやるのも、鳥に余った飯粒を与えるのも、ほぼ同じ種類の充足なのだった。

「まだお前、こんなこと続けてたのか」

ふいに背後から声がして、雀を眺めていたヒトエはなかば飛び上がった。振り返ると、兄の壮太郎が少し呆《あき》れたようにこちらを見下ろしている。

「だ、だって。乾いてしまった米とか、もったいないって母さまも」

「まあ、確かにそうだけどな。うちの庭に住み付いている鳥達は贅沢《ぜいたく》だなあ」

壮太郎は特に反論するでもなく、庭に下りてきてヒトエの隣に立った。今ではもう大分人馴れした雀達は、自分達を観察する人間が一人増えても、特に気にする様子もなく米粒を探していた。

「まだ雛《ひな》に毛が生えたようなのがいるな」

壮太郎はそう呟いたが、ヒトエはどれがその雛なのか判別がつかない。

「ほら、他の雀よりも少し大きくて、羽毛がぼさぼさで、動きがのろいやつがいるだろう」

兄が指し示す方向にいる雀は、なるほど体は大きいものの少し鈍重で、他の雀達に甘えている風情があった。

「ああ、あれですか。大きいから、てっきり他のより大人なのかと」

「羽がまだ大人のように洗練されていないから、ぼさぼさなんだよ。だから大きく見える。でも中身はまさにひよっこだ」

そう言って壮太郎はくすくすと笑った。

「うちのひよっこは見た目からして明らかにちびっこいけどなあ」

「もう！　そのうちすぐに大きくなります！」

邪気のない会話を続けながら、壮太郎はふとその場にしゃがみこんで雀を眺めていた。立っているヒトエからはその細かな表情は見て取れない。ただ、頬杖《ほおづえ》をつくようにして頭を傾け、満足した雀達が全てその場を去ってしまうまで同じ姿勢でいた兄の口から、小さな溜息が漏れるのをヒトエは聞いた。

理由はもちろん訊《たず》ねない。訊ねないままに、兄の密かな懊悩《おうのう》を垣間見《かいまみ》てしまった気分になって、ヒトエはこの小さなやり取りをいつまでも忘れられぬままでいた。

○

「ヒトエ。ヒトエ、ちょっとこっちにいらっしゃい」

兄が群馬へと旅立ってしばらくしたある日、ヒトエは母に改まった声で呼ばれた。座敷に向かうと、父と母の座っている間に畳紙《たとうがみ》が置いてある。

「父さま、母さま、これ一体なんでしょう」

全く分からないヒトエが尋ねると、ヨシエはにこにこと笑っている。善之助も微笑んで「開けてご覧」と促した。

恐る恐るヒトエが開いてみると、中には薄紅の地に扇と流水をあしらった着物が収まっていた。触れれば掌に指に滑らかな、仕立て上げたばかりの、まさに上質の絹だった。

「これ、わたくしにですか」

「あなたも年頃の娘となれば、晴れ着のひとつも必要になりますからね」

着るものに特に頓着せず、いつも作業のため綿の着物か古着しか着ていなかったヒトエにとっては、まさに目の覚めるような晴れ着だった。幾らするのか予想もできないが、かなり上質であることは分かる。しかし、母が言う、自分がこれを着ることが必要な状況というのが全く想像できなかった。

「父さま、よろしいのでしょうか。こんな……」

「紅花摘む娘が紅も差さず、では如何《いか》にも可哀相《かわいそう》だし、親としても甲斐性《かいしょう》のないことじゃないか。ヒトエはよく働いてくれるから、これぐらいのご褒美を貰《もら》ってもばちは当たるまいよ」

善之助はひどく嬉しそうに、そう胸を張った。

「そうそう。あなたも折角大人びて、娘らしくなってきたことなのだしねえ」

ヨシエも嬉しそうに頷く。その様子から、晴れ着の購入は母の提案だろうとヒトエは密かに思った。兄が修業のために家を出てから、母は以前よりも頻繁にヒトエを構うようになっていた。一人娘を着飾らせることに喜びを見出した母の姿に戸惑いを覚えなくはないが、ヒトエとしても新しい晴れ着に文句などない。なにより両親とも喜んでいる。

ヨシエは畳紙からそっと着物を持ちあげると、ヒトエの身に添わせて色を見る。

「あらあ、着物の色はいいけど、顔が日に焼けすぎだわ」

「仕方ないでしょう、桑の葉を摘まなきゃいけないし、外の作業は沢山あるもの」

いかにも自分の容姿に問題があるように言われ、ヒトエは口をへの字に曲げた。

「着る時には、何日も前から外に出ないで日に当たらないようにしなければね。髪も肩までじゃなくてもっと伸ばして、島田に結い上げられるようにしておかなきゃあ」

母の頭の中では娘が晴れ着を纏《まと》う時の様子が具体的に思い描かれているようだった。年頃の娘という先ほどの母の言葉が思い出されて、ヒトエは自分の将来について、すでに揺るぎない道筋が用意されているような気になる。

「髪、伸ばすとお手入れが大変です」

少しばかりの反抗心でそう言うと、「でもきっと似合うぞ」と善之助が手を伸ばしてヒトエの髪を撫でた。

「虫愛《め》づるうちの姫君も、こうしてみるとまあ本当に姫君の端くれみたいだ」

そんなことを言って、呑気《のんき》に目尻を下げる善之助に、「端くれってなんですか」と膨れてみせながらも、ヒトエはそんな父親や母親の喜びようが決して嫌いではなかった。

蚕に日々労力を注ぎながら、遇《たま》の贅沢に笑い合う。後にヒトエは、この頃が幸福の天井だったのだと、両親の笑顔を度々思い返すことになる。生活の質だけではなく、誰も傷つけず傷つけられない日常が、どれだけ自分の人生において贅沢なことだったのかについて、痛みと共に思い知らされながら。

○

日々は平穏に過ぎていた。そのようにヒトエの目には映っていた。しかし伏流というものはしばしば、足下で気づかれぬまま生まれている。

「桑、少し足りないのではないですか」

算盤《そろばん》を勘定している母が父に詰め寄ることが、いつしか増えていた。養蚕が近郊の農家に推奨され、本業のかたわら家の一部を用いて蚕を育てる者が増えてきていた。特定の地域で蚕の総数が増えれば、当然、必要になる桑の量も増える。すでに開拓初期にみられた野桑は数を減らし、東北から持ってきて育てた栽培種の桑でなんとか融通していた。桑の不足は績誠館でも例外ではなく、自分のところで産する蚕に必要な量は確保していても、夜中に忍び込み桑の葉を盗んでいく農民に頭を悩ませていた。
桑盗人《ぬすびと》の正体について、責任者である善之助に心当たりはあるようだったが、農民の苦しさも知る彼としては、容易に断罪はできないままだった。それが多少なりともヨシエと一部の従業員の気を荒ぶらせていた。

折しも、世は不況のさ中にあった。恐慌のあおりをうけて、生糸の価格も下がり続けている。ただの農産物から重要な貿易品になり国の大事な産物になった頃から、生糸の価格は投機的な要素を多く含むようになった。現場の人間は黙々と蚕を育て、蚕は黙々と繭を作るだけだというのに、製品につく金銭的な価値は荒波のように揺れ動く。その影響を受けるのもまた、現場の人間なのだった。

績誠館では従業員への賃金はなんとか保っていたものの、生活物資の高騰などから、働く者達の生活は見る間に苦しくなりつつあった。

そんな折、一家にひとつの報《しら》せがもたらされた。群馬の紡績工場で修業に励んでいた兄、壮太郎が失踪したというのだ。

ある日、宿舎の自室に父母への詫《わ》びの手紙のみを残し、身の回りのもの一切合切とともに忽然《こつぜん》と姿を晦《くら》ましたという。ヒトエは直接事情を聞かされた訳ではないが、両親やその他の人達との会話の端々から、兄はどうやら女工の一人と手を取り合って出奔したらしいと知った。

真相は分からない。だがまず、善之助が矢も楯《たて》もたまらず群馬の当地へと赴いた。兄も父もいない膳を、ヒトエは母と二人きりで囲んだ。この時ばかりはヒトエも従業員と共に食事を摂りたいとさえ思った。母、ヨシエは青い顔のまま、飯碗《めしわん》の中身を半分以上残してぼうっと庭の方を眺めていた。息が詰まる。

ヒトエは兄がまだこの空間で食事を摂っていた時の綺麗《きれい》な背筋を思い出す。彼が新天地へと出立する前夜、息子の着物に丁寧に火熨斗をあてていた母の、背中の丸みを思い出す。ヒトエはぎゅうと目を瞑《つぶ》り、喉を通らない米粒を無理矢理に飲み下した。

数日後、善之助はひどく憔悴《しょうすい》した様子で札幌に帰ってきた。一人きりだ。壮太郎を連れてはいない。ヒトエに分かったのは、真相は本人達が捕まらなかった以上は結局明らかにならなかったこと。そして、事実は分からないなりに、壮太郎と共に出奔したという女工の借金を我々の家で肩代わりせねばならなくなったということだった。いずれも何らの明るさを持たない報せだった。

この事件以来、善之助は目に見えて塞ぐようになった。ヨシエも常に眉間に皺を寄せたまま、唇を引き結んでいる。従業員もこの空気を察するところがあったのか、不況と併せて皆一様に表情が暗い。そしてある日、信代の姿が作業所から見えなくなった。

「ねえおばさん、信ちゃんはどうして来なくなったの」

一度だけ、ヒトエは信代の母にそう訊ねた。腹の底で嫌な予感が渦巻き、問うべきではない問いだとは思ったが、敢《あ》えて口に出した。

「親戚のね、遠くのお家へ行ったのですよ」

信代の母は妙に優しい声で答えた。その顔は微笑みながらも目尻に苦悩が見て取れる。ひところより、頬もこけていた。

もっとも無難であろう答えに、ヒトエは「そうだったの。お別れが言いたかったなあ」と返した。これまた無難な対応だが、実にヒトエの本心だった。せめてひと目、一言、おそらくもう会うことの叶わない離別を惜しみたかった。

年頃の少女が奉公とは違った意味で働きに出されるという話を、ヒトエは聞いたことがあった。しかも最近は随分と増えているという。北海道の各地で新たな産業が興っては廃れ、また興るという過渡期であった。人が集まれば夜の街も膨れる。善悪ではない、揺るぎようのない事実だった。

ただ、話に聞く転落もヒトエにとってはどこか遠い世界のことで、よその気の毒な境遇、として一括《ひとくく》りにしていた。暗くて穴の底が見えないのであればその穴が深かろうが浅かろうが、ヒトエは特に関心はなかった。それがまさか自分の身近で、しかも親しんだ人の身に降りかかるなどと、夢にも思ったことはなかったのだ。

ヒトエは特に意図するでもなく、善之助の作業部屋に足を運んだ。父は銀行に行くといって朝一番から不在だ。案の定、部屋には誰もいない。

机の上には蚕蛾の繁殖や研究に使う数々の道具が並んでいた。几帳面《きちょうめん》な善之助は常に道具を細部まで手入れし、それぞれをきっちりと棚や机の定位置に並べていたものだったが、今ヒトエの目の前にある道具は少し雑然と並べられているように思われた。

机の端に、繁殖を終えたらしき蚕蛾の死体が落ちていた。腹を上に向け、雑多な道具の一つのように横たわっている。普段ならば死んだ蚕蛾などはすぐに片づける父であるのに。局面が変わってきている。しかも悪い方に。ヒトエの背に、暑くもないのにうっすらと汗が滲《にじ》んだ。

父がいつも座っている椅子にヒトエは腰かけた。机の正面には、繭の雌雄を鑑別する器械が載っている。ヒトエが両腕で抱えられるほどの大きさの円形で、天秤《てんびん》をいくつも組み合わせたような複雑な形をしている。父が取り組んでいた試作品だ。

円の外側に設けられた小さな皿ひとつひとつに繭を入れて回すと、中の重さに応じて皿が上下する。それで中に入っている蛹《さなぎ》の雌雄を鑑別して別々に羽化させ、さらに良い個体を選別して繁殖に使おうというのだ。結局、ほとんど完成し実用という直前で父の仕事がそれどころではなくなってしまい、こうして放置されている。

　ヒトエは器械を指先で回してみた。皿に何も載せない状態で、金属の複雑な機構はくるくると回る。くるくる回って蚕の雄と雌を分けてそれぞれの行く先を決定づける。血の通わない器械のその冷静さと絶対さを、無慈悲なのだとようやく感じた。定められた道を自ら違《たが》えた兄にもう会うことはあるまい。報せを受けた時、ヒトエは残念に思いながらも、どこか心の中では、記憶と余りにかけ離れた行動を取った兄を冷静に見限ってもいた。心で突き放したとしても、あえかな期待を抱いたとしても、いずれにしても事実は変えようがないことを、自分でも意外なほど深刻に理解していたからかもしれなかった。

　そしてもう会えない信代の笑顔を思い出す。毎日懸命に働いていた姉代わりの彼女は、桑の木ひとつひとつまで熟知し、実の甘い雌木をよくヒトエに教えてくれた。実りの季節になると一緒に桑の実を摘み、木陰に座ってあの甘酸っぱく赤黒い実を食べた。そうして口の周りと指先を真っ黒にしたあの頃、「爪紅《つまべに》ってこういうの言うのかな」と笑った信代の無邪気さが、今はただヒトエの心には重石《おもし》となった。

　桑を刻み、丹念に蚕を育て上げながら、その糸で作られた着物に袖を通したことなど一度とてなかった心の姉。ぼろ着に丁寧に継ぎをしては懸命に働いていた彼女こそが、本当に美しかったのだ。

○

善之助はその年、賭けに出た。道庁を通じて東北の同業者に声を掛け、新種の桑の苗を取り寄せたのだ。周辺の桑の状況を考えると、賭けに出ざるを得なかったともいえる。取り寄せたその数、百本。野桑を押しのけ、今まで植えていた桑も半分以上は新種の桑にしてしまおうという考えだった。素朴で進歩のない野桑よりは、改良著しい品種のほうが単純に栄養価は高い。生糸の品質と生産量を上げることを考えた時、蚕にはもう十分すぎるほど手をかけているのだから、餌を替えるのが一番良いだろうというのが善之助の結論だった。

手配していた桑の苗はすぐに手元に届いた。まだ細い苗はヒトエにはひどく心細く思えたが、口には出さなかった。従業員が少なくなった館ではヒトエと母までもが手伝い、全ての苗を植え付けた。

「これで。これでなんとか、養蚕を続けられる」

苗の根にうやうやしく土を被せながら、善之助はぶつぶつと呟いていた。

「他の農家にも良いおかいこさんを回してやれる。そうだ、これで……」

ヒトエは隣で作業しながら父の呟きを聞き、不穏な気配が足元から這いよってくるのを感じた。どこかがおかしい。父の思惑は実に美しいし、おそらくこれ以上ないほど正しい。信代の身に起きたような不幸が従業員の間に再び起こらないよう、何かを変えなければならないことも理解できる。しかし大きなくぼみに足を取られて転んでしまうように、何かよくないことが待ち受けているような気がしていた。

黙って苗の根にかけた土を叩《たた》きながら、ヒトエはかつて父が教えてくれた碁のことをどうしてか思い返した。局面を打開する為に思い切った手を打つべき時はままある。しかし定石《じょうせき》を外れた時に抱え込む危険が最後の最後で人の熟考を裏切ることも、またよくあることなのだ。

そういえば父と碁を打たなくなって随分と経《た》っている。碁盤に積もった埃《ほこり》を拭いておかなければ。ヒトエは頭のどこかで考えながらも思考は悪い方向へと舵《かじ》を切り続け、そしてそれゆえに父へ警告する機会を失したままでいた。

新種の桑を導入した結果は年をまたいで程なく、まだ桑が芽を出す季節を待たずに明らかになった。新しく植えられた苗は皆、北海道の冬を耐えることができなかった。丁寧な冬囲いにもかかわらず、その幹はことごとく凍りついて死んでいた。春に周囲の草木が若草色の芽を伸ばす中、百本の苗は茶色の枝を晒《さら》したままだったのだ。

その苗を摑《つか》んで力を入れると、脆《もろ》く容易に折れ曲がる。切った断面を見てみると、樹皮と年輪の外側の部位に隙間ができていた。北海道の寒気で木の表面はことごとく氷結し、それがもとで木が死んだようだった。

もはや作業所からは落胆の声も聞こえなかった。ただ皆、黙々と手を動かし、枯れた木と持て余した養蚕の道具を片づけにかかった。予定していた桑が収穫できなかった以上、その算盤上にあった数の蚕は飼養することができない。大人達の言葉数は少なく、特に両親の顔が青いことにヒトエは気づいた。そして気づきながらも、掛けるべき言葉を見つけられずにいた。

本来ならば越冬させた蚕の孵化《ふか》で忙しい春先になっても、桑の給餌で忙《せわ》しない春の盛りになっても、この年の績誠館は静かだった。

従業員のほとんどは離れていった。賃金を払うあてがなくなった頃、それぞれが新たな働き口を見つけていったのだ。道内の各地で新たな産業が模索され続けている。斜陽に夢を見るよりも、新しい原石を探す方が容易だった。離職するにあたって善之助に後ろ足で砂をかけていく者もいたが、彼はただ耐えて頭を下げるだけだった。

残った桑の量から逆算して、飼えるぎりぎりの数の蚕だけを今年は孵化させた。最低限の系統を残せるかどうかという、ごく僅《わず》かな数だった。今まで満杯だった蚕座はほとんど使われておらず、蚕が大きくなってももう、ひと頃のように桑を食む音が響くことはない。ヒトエが眠る時に耳を澄ましても、あの雨のような音は聞こえてこない。布団の中で泣くときは声を上げないようにした。悲憤のただ中にいる両親に自分の嗚咽《おえつ》など聞こえないようにと、ヒトエはひたすら寝間着の袂《たもと》を噛《か》んだ。そのまま眠りについてもただ真っ暗なだけで、夢をみることはもうなかった。

やがて長く思えた春を抜け、じわりと気温が上がって夏が近いのだと知れた。残った僅かな桑は人間の事情などつゆ知らず、幅広い葉を茂らせて陽光を謳歌《おうか》している。

生温かい夜だったせいか、ヒトエはいつもよりも早く目が覚めた。ぼんやりとした頭で窓を見ると、外の景色をふんわりとした霧が覆っている。太陽は昇っているはずだが、厚い雲と霧でその姿は見えない。ただ水の細かな粒一つ一つが陽光を含んで、あたり一面は奇妙に明るかった。

明るさのせいでもう眠れる気がせず、ヒトエは寝間着のままで床《とこ》を出た。寝汗をかいたのか、喉も渇いている。無人の茶の間を横切る時、視界の端に奇妙なものを見つけて足が止まった。

開け放たれた障子の向こう、庭の真ん中に、父が佇《たたず》んでいた。こちらに背を向けているため、その表情は見えない。朝は夏なお少し肌寒いためか、寝間着に丹前を羽織っている。外を眺めながら、また天気を読んでいるのだろうか。ヒトエはそう思って父の背をぼんやりと眺め、すぐに息を吞《の》んだ。

蚕蛾達が飛んでいた。父の周りで無数の蚕蛾が群れ飛んでいるようにヒトエには見えた。白い羽と体が激しく中空を舞い、急上昇し、あるいは地面まで下降している。

そんなはずはない。蚕蛾は飛べない。あの太い胴体を、小さな羽で持ちあげられるはずがないのだ。ヒトエが我に返って目を凝らすと、やはり蚕蛾達は自力で飛んでいるのではなかった。蚕蛾と共に飛んでいる幾つもの影がある。鳥の群れだった。

鶫や雀達が蚕蛾を咥《くわ》え、振り回し、一方的に嬲《なぶ》り殺しては、一心不乱に食らっていたのだ。自然界で白い色は景色に溶け込みづらく、ゆえに人間が改良した真っ白な蚕は自然に返してやってもすぐに天敵に食べられてしまう。ヒトエはかつて父が語っていた言葉を思い出した。そう言っていたのは他ならぬ父なのだ。ならば、父は意図的に蚕蛾を放して鳥に食わせているというのか。ヒトエは今自分が目にしている事実が信じられずにいた。

そうしてヒトエが茫然《ぼうぜん》と見守っている間にも、蚕蛾達は蹂躙《じゅうりん》された。飛べず、走れない彼らに逃げ場はない。鳥にされるがままに捉えられ、突《つつ》かれ、次々と食われていた。羽だけがひらひら軽やかに、地面へと散っていく。初雪の日みたいだとヒトエはぼんやり思った。これからはただ寒い日々が待つばかり。春がいつ訪れるか知らぬまま、ただ耐えるか耐える間に倒れるか。そんな無慈悲な予感に似ていた。

父の残酷な意図が理解できないまま、ヒトエは障子まで近づいた。親にかける言葉を探り、より渇いた喉を酷使しようと息を吸った。

「どうして、父さ……」

呼びかけは中空で凍った。善之助の体は背後に娘がいると分かっているであろうに、微動だにしない。その背中からは何も読み取れない。項垂《うなだ》れているふうでもなく、笑っているのでもなく。ただ立ち尽くして成虫達が蹂躙されるのを眺めているらしかった。その向こう側で鵯達は蚕蛾を全て食べつくしたのか、思い出したようにヒヨゥヒヨゥチッチッとけたたましく鳴きながら去っていった。

露で黒く湿った地面に無数の羽が散っている。ああ、死装束《しにしようぞく》だ、とヒトエは思った。幼虫達の体の白さは、蛹を守る繭の純白は、そして親虫達の羽ばたかれることのない羽の白色は、彼らにとっての死装束だったのだ。生まれてから死ぬまで一貫して潔い白色で染め上げられ、血の跡一滴も残しはしない。父はなおも動かず、語らず、散らばった羽を眺めている。あるいは本当に何も感じていないのかもしれなかった。

ヒトエは狂瀾《きようらん》の跡地に背を向け、家の奥へと足を進めた。父にかける言葉はもうない。外の明るさに反して家の中の暗さに目がなかなか慣れてくれなかった。目を瞑ると、散らばった白い羽が目蓋の闇の中でなお、幾つも幾つも光を放つ。目をきつく瞑っても消えてはくれない。それでも慣れ親しんだ生活の感覚を頼りに、目蓋を閉じたまま次の間への襖《ふすま》に手をかけた。

目を開けると、光源のない、前の間よりも暗い室内で、床に着物が広げられていた。薄紅の地に扇と流水の振袖。仕立てられた、ヒトエの晴れ着だ。

母が昨夜そこに並べていたそのままに、畳紙の上に丁寧に、揃《そろ》いの赤い帯や帯留めと共に鎮座ましましている。今日の昼、ヒトエに会いに来るという〝大事なお客様〟を迎える際に着るようにと母からきつく言われていた。そういえばこの晴れ着をきちんと着るのは正月以来だ。

「良いお話だということなの。きっとヒトエにとっても色々な経験ができる。人生が豊かになるわ」

そんなことを言いながら、母の目はこちらを見ていなかった。眼球は娘を見下ろしているというのに、焦点はヒトエの姿をすり抜けて遠くへと向けられている。悲嘆に暮れてもどうにもならないほど哀しいことなら、直視はしない。そういえば兄がいなくなった時も母は同じ様子だったな、などとヒトエはぼんやり思い出す。せめて少しは惜しんでもらえたというのか。

　大事なお客様とはヒトエがこれから行儀見習いに入る先の代理人とのことだが、そのたかが代理人に会うのに晴れ着をわざわざ引っ張り出すことの意味を、ヒトエももう気づいていた。今逃げだせば、兄よりは正当な理由だと父は頷いてくれるだろうか。そう考えてヒトエはすぐに否定する。あれほど大事にしていた蚕達を死滅せしめた善之助が、娘の行く末ごときでもう嘆きはしないであろうことを、自分が一番よく分かっていた。

　一歩、その着物に近づく。美しく繊細な技術を駆使して作られた、蚕が桑を糧に吐きだした糸の成れの果て。繭の中にいる蛹は死んでも、吐かれた糸は人に纏われいつまでも残る。

「……絹糸に包まれながら眠りについて、死んだことにも気づかないまま釜茹でにされるのと、どっちが幸せだったのかな」

　ヒトエは自分が身を委ねる運命を嘲りながら、長く垂れた袖のあたりを踏みつけた。裸足の足の裏、赤と金の布地が指先に冷たい。薄闇の中、ぼんやりと足先が白く光って見えた。かつて日に焼け草履の跡がくっきり残った幼い足は、もう遠い。

　自分の死装束を踏み、足先に繭の成れの果てを感じながら、ヒトエは目を閉じ耳を澄ました。静かだ。雨の音も人の声も、遠く過ぎ去りもう戻らない。自分の心身を守ってくれるものもまた存在しない。

「未来なんて全て鉈で刻んでしまえればいいのに」

自分の声と思えぬほど冷たい声を吐きながら、ヒトエは一歩も動けず立ち尽くした。

やがて北海道のみならず、日本各地で営まれ、近代日本産業の柱であった養蚕と生糸生産は、人造繊維の普及によって歴史の陰へと押しやられていく。抗《あらが》えない流れの中で蚕達を養う習慣もほぼ失われ、札幌に〝桑園《そうえん》〟という地名が残るばかりとなった。

頸《くび》、冷える

目的地天候不順のため出発空港に引き返すことがあります、とアナウンスされた飛行機は、無事に道東の空港へと舞い降りた。低気圧の接近で荒れると予想された天候は結局雪を伴わず、強めの風だけが灰色の雲の下を吹きすさんでいる。寒く、そしてこの地域ではありきたりの朝だった。

小型飛行機に接続されたタラップを下り、空港入り口までの百メートルたらずを肩を竦《すく》めて進む搭乗客の最後を、初老の男が歩いていた。ダウンのハーフコートの下に何枚も重ね着をしているのか、手足が貧相なのにやけに体は恰幅《かっぷく》がいいように見える。疎《まば》らな頭髪と血色の悪い顔つきのせいで、ひどく陰気な空気を伴っていた。

男は機内持ち込みの小さなボストンバッグだけを持ち、手荷物受取所を通り過ぎて到着出口に出た。観光ホテルの迎えや家族を待ちわびる出迎え客の間を足早に通り過ぎる。そのまま、タクシーのりばで並んでいた一台に乗りこんだ。

「どちらまで」

「すいません、野付《のつけ》半島のほうまでお願いします」

「少し近い道はあるんですが除雪が悪いので、国道を通っていいですか」

「ええ。任せます」

運転手はバックミラーごしにその日最初の客を見た。声の根にある暗さから、その客が抱えている過去や苦労をいちいち勝手に推測するのは悪い癖だと分かってはいた。今回の客は悪相にこそ見えないが、どうにも纏う影が暗い。おそらく、見た目の年齢よりも実際はかなり若いのではないかという気がした。験《げん》の悪い客を拾っちまったかな、というのが彼の素直な感想だった。

どちらからですか、とか、ご旅行ですか、などといった無難でありきたりの会話を敢えて避け、運転手は指示されたまま海へと向かう道を走り始めた。またちらりと無言の客を観察してみると、男はどこか放心したように窓の外を眺め続けている。顔の乾いた皮膚がわら半紙のようだった。

街を形作る建物がまばらになり、雪に覆われた畑が道の両脇を占める段になって、運転手はややスピードを下げ、さりげなく声をかけた。

「野付の、どの辺まで行きましょうか」

「半島の入り口で右折して、南の方角にお願いします。バラサンという地域なんですが、分かりますか」

「ああ、茨散沼《ばらさんとう》の茨散ですか。大丈夫です、知ってますよ。茨散沼は隠れ家的な観光地ですからね」

「とりあえずあの辺まで。そこまで行ったら、思い出せると思うし、また細かくお願いしますから」

「はい、分かりました」

運転手は再びスピードを上げ、明確な目的地に向かって車を走らせた。

男が指定した茨散という地域には、森に囲まれた小さな沼がある。ひっそりと静まりかえり、大きな波も立たないので、カヌーを浮かべるには絶好の場所だ。家族連れのドライブの目的地としても、密かな人気があった。

ただし、それはあくまで夏場の話だ。冬の入りであるこの時期、木々の葉は侘《わび》しく落ち果て、湖面には薄氷が張りついているだろう。魚釣りやバードウォッチングが目的ならば冬でも行く意義があるのかもしれないが、小さなボストンバッグひとつでアウトドアウェアも整えていない男がそんな場所に何をしに行くというのか。運転手に適切な予想は浮かばなかった。

道の先に青く海が輝き、海沿いの町の入り口にさしかかった頃、運転手が急ブレーキを踏んだ。

「すいません、動物が飛び出してきたもんで」

スピードを落とした車の前を、茶色の毛の塊が慌てて横切っていく。前の座席の間からその動きを見ていた男は「キツネですか」と訊いた。

「ええ。一時期、疥癬《かいせん》が流行《はや》って尾もなんもボロボロのやつばっかりになって、個体数も減ったらしいんですが。最近病気の勢いが収まったのか、また数が増えて来たみたいですね。今はもうみんなフサフサになって。住宅街だと悪さもするらしいですよ」

観光客に語り慣れた話題を口にすると、男は運転手を見たまま、重ねて訊ねた。

「野生のキツネが生きているなら、野生のミンクもいますか」

「ああ、いるらしいですねえ。私は見たことないですが、魚釣りが趣味の同僚が川で見たことあるって言ってました」

案外、自然科学系の学者先生か何かだろうか。話題への食い付き方から運転手は勝手にそう判断し、知りうる限りのことを思いつきで口にして話を繋《つな》いだ。

「ミンクってフェレットとかの仲間なんでしょう。可愛らしいんですってねえ。でも何でしたっけ、外来動物とかいう、それですっけ。可愛くても、やっぱり元々北海道にいた動物じゃないから、生態系に色々害とかあるんでしょうかね」

へえ、とか成程、という相槌《あいづち》に気を良くして、運転手はなおもミンクについて語る。

「お客さん、ご存じですか。昔は根室《ねむろ》地方にもミンクの養殖場があったんですって。そこから逃げたのが野生化して自然に悪影響およぼしてるってんだから。全く、迷惑なもんです」

「……そうですか。そうですね」

男はそれだけ言って、興味を無くしたかのようにまた窓の外へと視線を向けた。再び話題を無くした車内で、さきの運転手の密かな疑問を今さら酌《く》んだかのように、男は意識を車外に飛ばしたままで小さく口を開いた。

「昔ね、住んでたとこなんです、茨散は。随分と昔にね」

○

魚のアラが放つ生臭い臭いの中で、無数のミンク達が一心に魚の頭を齧《かじ》る音が響いていた。

孝文《たかふみ》はその音を聞きながら、ああ、今日もみんな元気で良かったと心底安心する。ミンクは皆、一匹につき一つの檻《おり》の中で食事を摂っていた。白に近い灰色から黒い個体まで、短い両前足で魚を支え、夢中になってアラにかぶりついている。

「いっぱい食え。腹いっぱい食え。食って、肥って、毛ぇフサフサにしてけ」

飼い主の温かい声を知ってか知らずか、ミンク達は望みのままに食事を平らげていく。十分な餌を貰いつつ寒さ厳しいこの地で暮らしてきたお蔭か、その毛はつやつやと豊かな光沢に恵まれていた。

もともと彼らは北海道にいた動物ではない。北米原産で、毛皮のために人間に養殖されているイタチの仲間だ。

北海道に毛皮獣の養殖が導入されたのは、国や道庁主導のもとだった。日清日露と、日本を飛び出し大陸での戦争を経験した兵士達は、その寒さに仰天する羽目になった。大陸の、しかも内陸の寒さは温帯で育った兵士の気力も生命力も無慈悲に奪っていく。血で血を洗う戦闘に加え、極寒によっても彼らは文字通りの地獄を見ることになった。

これにより国は軍服をより温かく改良する必要に迫られた。より温かく兵士の体を守り、万全の状態で戦いに臨めるような軍服を。その大号令は、当時の産業構造を大きく変えさえした。

特に重要だったのは動物性素材だ。まずは日本にもともといない羊を大々的に導入し、羊の飼育と羊毛の大量生産体制を整えた。次に毛皮。主にキツネの海外品種を導入した養殖が各地で開始され、それらの毛皮は兵士の体を温め続けた。

戦後、当然、これらの動物由来の衣料品を高く買い上げて来た軍部は消滅する。さらに羊毛は輸入自由化に伴い自国で生産するメリットが薄れた。毛皮生産のうち、養狐《ようこ》業《ぎょう》は海外から導入した生体にエキノコックス条虫という人間を死に至らしめ得る寄生虫が付着していたことが判明し、北海道各地にエキノコックス拡散が恐れられるのと時を同じくして、その生産体制も急速に縮小していった。

そんな中、ミンクの毛皮の生産は一九五〇年代の神武《じんむ》景気の波に乗り、しなやかに増えていった。その柔らかで密な毛皮は温かく、また温かさ以上に贅沢な艶と優雅さが贅沢品に飢えた女達の憧れとなった。

養狐業をあきらめた北海道の業者はこのミンク養殖に目をつけた。キツネよりも小型で扱いやすく、そのうえ魚を主食としてくれるため沿岸地域では餌に事欠かない。おまけに値段は右肩上がりだ。

道内各地で大小のミンク生産業者が起業し、特に東部・根室には東洋で最大ともされる大規模な業者があった。ここではミンクの養殖から毛皮の加工、製品の販売までも手掛けていた。

そして終戦から十五年経った現在。孝文は根室の隣町で独りひっそりとミンクの養殖を行い、生体を根室の業者に卸す小規模生産者だった。もともと事業を手掛けたのは戦争帰りの父だ。

「毛皮はなあ、いいぞ。温かいぞ。ミンクっちゅうのは本当にいい毛を持ってる。雑魚《ざこ》やアラでも喜んで食ってくれるし、餌がそんなんでも立派な毛皮になってくれる。丁寧にすれば丁寧にしただけ、いい毛皮になってくれる」

そう言って、東京から長野の親戚宅に疎開していた幼い孝文を連れ、北海道に渡った。慣れない気候のなか細々と暮らし孝文を育て、ミンクを大事に育てながら、ある日孝文を残し脳溢血《のういっけつ》であっさりと死んでいった。

孝文は父親から学んだことをもとに、ミンクの養殖をそっくりそのまま引き継いだ。もともと母親は幼いころに病死している。独り生きることを予《あらかじ》め受け入れ、父親を尊敬していた孝文に、躊躇《ためら》いはなかった。

父親がそうしていたように、地元の漁師のもとで働いて雑魚や魚のアラをミンクの餌として貰い受け、沼の縁にある小屋に帰ってはミンクに与えて管理する。適切に繁殖させ、冬が近づけば毛が豊かになったそれらを根室の業者まで持って行って幾ばくかの金にする。その、父親の簡素な営みを引き継いでなんの疑問もなかった。

餌を食い終えたミンクが檻の中でこちらを見ていた。細長い体に長い尾、小さな頭にはつぶらな両目が瞬いている。孝文は檻の間から長い草の端を差し入れてやった。草を動かすとミンクは猫のようにじゃれつく仕草を見せる。

「ほれ、ほれ。もうちょっとだ。摑んでみな」

愛嬌《あいきょう》のある動物だ。自分の退屈を解消する方法を知っている。時々こうして遊んでやることでミンクの気持ちも楽になるのか、毛の品質がよくなるような気がする。孝文にとって、商品であるミンクが高い評価を受けることは大きな喜びだった。

餌の食い残しや糞《ふん》などを掃除し、水の容器を確認して小屋を出ると、森の向こうから子どもの姿が二つ。小さな白い瓶を抱えながらぴょんぴょんと下草を飛び越えてくるのが見えた。

「にーいーちゃーん！　あーそんでー!!」

小学四年生の姉、久美子《くみこ》と一年生の弟、修平《しゅうへい》。二人が手を繋ぎながら、声を張り上げてこちらまで駆けてきた。

「おーう、遊んじゃるから、転ぶんでねえぞー!!」

はーい、と彼らは満面の笑みで返事した。

久美子と修平は近所にある農家の子だった。森に接した小さな農地を所有し、二十頭ほどの乳牛で生計を立てている。継ぎだらけの垢《あか》じみた服や、薄汚れてからまった髪などの様子から、率直にいって裕福には見えなかったが、質素で屈託のない子ども達の様子は独り者の孝文の心を和ませるものだった。

「はい、今日の朝搾《しぼ》った牛乳ね。今日は、ミンクの餌、終わっちゃった？」

「おわっちゃった？」

肩で息をしながら真剣に問う二人に、孝文は思わず笑いそうになった。餌をやるところが見たくて急いで来たのだろうか、二人とも襟元や頬に飯粒が貼りついている。

「ごめんな、今日の分は終わっちまったよ。でもミンクの奴《やつ》らはみんな遊びたがってるから、一緒に遊んでやってくれな。草かススキの穂入れて、でも指入れたら絶対駄目だぞ。嚙まれるからな」

「うんわかった！」

良い声で返事をし、二人とも懸命にミンクと遊ぶ草を探して回る。彼らは学校や家の手伝いの合間に、時折ミンクを見にこうしてここにやって来る。

両親から聞いた話だと、歩いて行けるような近隣に同じ世代の子がいないらしい。危険のないようにミンクと遊んでもらうのは問題ないので、孝文も快く姉弟の来訪を受け入れていた。土産にと自分の家で搾った牛乳を瓶に入れて持ってきてくれるうえ、孝文ももともと子どもは嫌いでもないので、賑《にぎ》やかな久美子と修平の来訪はありがたかった。

いずれもう少しミンクで金が貯《た》まったら、嫁でも貰おうと孝文は考えていた。もう少し家をきちんときれいに直すか建て替えるかして、生活の苦労がないようにして、家族を持つ。それは孝文にとってささやかな夢だった。

「ほれ、ほれっ。穂ぉ捕まえてみれ、ほれっ」

「姉ちゃん、その草、こっちにも貸してよお」

「もうちょっと待ってえ。もう少し遊んだらね」

久美子と修平は実に楽しそうにミンクと遊んでいる。彼らを眺めていると、いずれ自分もこうした家族を持って明るく暮らすのだという具体的な像を描くことができた。それは孝文にとって確かな喜びだった。

○

孝文は大きな包みと共に、汽車で根室に向かっていた。

ひと抱えもある檻の中で、五匹のミンクがキイキイ鳴いている。檻は風呂敷で包んであるため中身は見えないが、向かいの席で大きい籠を背負っていた老女がもの珍しそうにこちらを見ていた。

「兄《あん》ちゃん、何さ、それ」

「ミンクです」

「ミンクかぁ。じゃあ、あたしの氷下魚《こまい》と交換する訳いかんねぇ」

老女はそう笑うと、あかぎれだらけの手で懐から大甞飴《たいしようあめ》の包みを出して、大ぶりなかけらを一つくれた。

口の中に広がる穏やかな甘さと黒ゴマの味を感じながら、孝文は汽車の揺れに身をまかせた。

「ああ。いいんでないかな。下毛がみっちり詰まってるし、毛足も長い。艶もある。まあ、及第点だ」

「よかった。辰《たつ》さんにそう言って貰えると、ほっとする」

辰という職人の目による慎重な見分を受け、孝文はほっと胸を撫で下ろした。秋になり、ミンク達が冬毛に生え変わってから、こうして月に一度か二度、ここ根室のミンク工場へと卸しに来ている。

ここ兼田《かねだ》ミンク製作所は、ミンク養殖と製品加工、販売までを一貫して自社で行っている大規模な業者だった。孝文は父の代からの付き合いで、高い加工技術を有するこの工場に生きたミンクを持ってきて、買い取ってもらうのだ。

「おめえの親父《おやじ》さんの代と同じぐれえの質になったんでねえかな。喜んでいいことだぞ」

「できればさっさと超えたいんですがね」

「したっけもう少し頑張んねばなあ」

辰老人はからからと笑うと、孝文に椅子を勧め、茶碗を渡した。

ミンクの毛皮を加工するこの工房は工場の敷地内にあり、使いこまれた大きな作業机の他、孝文には用途の分からない様々な道具が壁に掛けられている。部屋の隅では若手の職人が二人、黙々と手を動かして毛皮を裁ったり縫ったりしていた。

辰老人は工房部門の責任者だ。戦後、この工場が根室で開業した頃からの職人で、外部から持ち込まれたミンクはこの老人が生体の状態などを確認して、全て値段を付けるのが慣例になっている。

ミンクを見る目にも、加工する技術にも厳しいいかにも職人然とした風情は孝文にはいささか恐ろしいが、その仕事の厳しさをそのまま職人の真摯さとして孝文は辰老人を尊敬していた。

老人は孝文と差し向いに掛けながら、茶を美味《うま》そうに啜《すす》った。

「孝文よお。魚滓《ぎょかす》のペレット使わねえで、わざわざ漁師んとこ手伝いに行って、雑魚やアラ貰って来るんだって？　大変でねえのか？」

「しても、親父が口すっぱくして、あいつら魚食う生き物なんだから、できるだけ生の、新鮮な魚食わしてやらねばなんないって言ってたもんですから」

「手間ぁかけたら長続きしねえぞ。っちゅうても、手ぇぬいたら毛皮にはすぐ出てくるから、気張って飼うのはそう悪いことでもねえけど」

辰老人は孝文から目を逸《そ》らし、どこか自嘲《じちょう》めいて嘯《うそぶ》いた。孝文の他にも、この工房に生体でミンクを持ち込む者は一定数あった。戦後のミンク人気はある種のブームといえるほどで、専門の業者から内職的に飼育する個人まで数多かったが、その毛皮の品質、つまりはミンクの飼育環境・健康状態は千差万別なのだと老人はよくぼやいていた。

孝文の持ち込むミンクは辰老人の言では『まあまあ』で、若手の職人がこっそり教えてくれたことによると、『最高級』なのだそうだ。

飼育に慣れていないものや金儲《かねもう》け第一でずさんに飼われた低品質のミンクは言わずもがな、兼田ミンク製作所が自社で所有している大規模な養殖場で生産されるものも、効率や品質の統一性を考えると常に一級品を保てるものではない。その意味で、愚直なまでに手を掛け、少数精鋭で育てられた孝文のミンクこそ高い評価をつけられるという訳だった。

孝文自身は、もっと健康で丈夫なミンクを、もっと良い品質の毛皮をと努めるばかりなので、他と比べて褒められても実はぴんとこないでいる。

どこか居心地悪く孝文が茶碗に口をつけると、外の引き戸を開く音が聞こえた。

「ご免くださいよ、親方はいるかねえ」

ウールの着物に温かそうな角巻《かくまき》を被《かぶ》った女性の二人組だった。顔つきと見た目の年齢からいって、母娘のようだった。

「ああ、こりゃ坂下《さかした》の奥さん。なしたかね」

「ちょっとね、ずっと前にここで買ったショールなんだけど、手直ししてもらえないかと思ってさ。この子が着るにいいように」

女性の隣で、まだ学校を出たばかりらしき少女が恥ずかしそうに頷いた。年嵩《としかさ》の女性の顔に塗られた化粧は厚く、指に嵌《は》められた宝石はやたらに大きいが、人品にすれた雰囲気がない。お嬢さん然とした少女といい、大きめの網元のカミさんとその娘かな、と孝文は密かに想像をする。

女性が手にしていた風呂敷包みを作業台の上で解くと、毛並みの整った漆黒の毛皮が姿を見せた。服飾としての毛皮には素人の孝文が見ても、いい品なのだろうとひと目で分かる。

「今の若い娘が着るには、この色だと着物に合わせ辛《づら》いし、洋服に合わせられるように加工して貰おうかと思うのさ」

ショールを広げて撫でる女の手つきと目元がひどく優しい。

「私さあ、若い頃からいいことなんて大してなかったけどね。でも独りモンの頃から頑張ってさ、少しずつでもお金貯めたの。そうして月賦でようやくこれ買ったの。着る機会なんてあんまりなかったけど、でもこのショールが簞笥《たんす》にあると思うだけでうきうきした」

「分かるよ。古いけど、毛がまだ整ってて、大事にされてるのが分かる」

辰老人が女性の言葉を引き受け、満足そうに頷いた。もしかしたら、かつて老人自身が手掛けた製品なのかもしれない。孝文はぼんやりとそう思った。

「私はもう身に着ける機会とかないけどさ。この子にはこれから色々あるかもしれないし。使えるなら使わしてやりたいなって」

「したらさ。首にあたるこのあたりに柔《やわ》い針金ば入れて、襟みたいに立てられるようにするべか。で、肩にかかるところの両側に鋏《はさみ》入れてさ、隠しボタンばつけちゃろう。そしたら、全体の丈短くして襟巻みたいに洋服に合わせられるし、ボタン繋げて長くして、着物の時に羽織るんでもいいべし」

「そしたらいいわ。着物以外でも使えるんだらいいべさ」

「うん、それなら、私でも大丈夫だと思う」

辰老人の提案に、女性も、それまで黙っていた少女も目を輝かせて喜んだ。老人は目を細めると、黒いショールを広げて少女の体にかざした。真っ黒のショールは年若い娘にそのままでは荷が勝つだろうが、職人の言う通りに加工すれば娘と共に輝いてくれそうだ。

「東京のさ、百貨店に卸す奴とおんなじようなの作っちゃるから。こったら北海道の端っこでもさ、いいもんあるんだっちゅうて自慢して歩いてくれればいいわ」

「ありがとう、そうするわ、おじさん」

母子二人はショールを工房に預け、足取り軽く帰っていった。

「最近は時代っちゅうのかな、あんな高いショールを月賦で買う人間も少し珍しくなったわ」

辰老人は残っていた茶を飲み干すと、机の引き出しから何かを摑みだして孝文に渡した。

「何ですか、これ」

白と黒のミンクの毛皮の切れ端だった。よく見ると、白いのは棒状、黒いのは球状に形を整えてあり、端に小さな金属の部品や鎖がついている。

「キーホルダー？　とかいう、根付《ねつけ》みたいなやつさ」

「ああ、車のカギなんかまとめとくにいいやつですね」

「最近はよ、高い製品ばっかりじゃ商売先行き見えねえっちゅうんで、こういうの作れって社長に言われたわけよ。使い途《みち》のない切れっ端が原料だから原価安くて済むけどな」

「いいんじゃないでしょうかね。形もめんこいし、ショールやコート買われない人でも、これだら手にしやすいし」

そういうモンかねえ、と辰老人は得心のいかない顔で首をかしげ、「試作品だからそれ、やるわ」と言って作業台にあるショールに向かい合った。先程の穏やかに母子と話をしていた表情から、すぐに職人の鋭い目に切り替え、長さや縫い目を確認にかかっている。その手は細いが節くれだち、長年硬い皮を切ったり縫ったりした負荷が無数の胝《たこ》にあらわれている。

さっき来た母親の手も、指輪で飾りながらも荒れていた。北の港や山野に暮らす女達の手は、みな一様に荒れている。盛り場で派手な帯を締める女達も、家庭と肉体労働に人生を捧げる女達も、皆そうだ。贅沢か貧乏かの差はあれど、ほとんどの女達の体は等しく吹きすさぶ寒風に晒され、どこか痛めつけられながら懸命に生活を営んでいる。

そんな女達のごく一部に対してでも、頼りない首筋を、細い肩を、華やかさを伴いながら確かに温めたり、小間物としてその生活に寄り添う毛皮は、どれだけ彼女達を支えてやれるものだろう。孝文は先のやりとりと老人の作業を眺めながら、そんなことを考えていた。

○

久美子と修平は強い秋風をものともせず、頬やら耳を真っ赤にしながら今日も孝文のところまで遊びに来た。孝文はそらきた、と笑って戸棚の引き出しに意味深に手を入れる。

「今日はお前らにいいモンやろうな。当ててみれ」

「わかった、飴だ！」

「ちがうって修平、饅頭だよ！」

「んん、残念。食いもんではねえな」

今度、土産に菓子でも買っといてやるかな、などと思いながら、孝文は握った手を二人の目の前でゆっくりと開いた。目を輝かせていた久美子と修平は、ミンクのキーホルダーを目にし、わあっと歓喜の声を上げた。

「あたしこの黒いのもらう！　やった！　ありがとう兄ちゃん！」

「おれこの白いの！　めんこい！」

幸い二人の好みが分かれ、ケンカにならずに済んだようだ。

「学校とか持って行くんでねえぞ。無くなったり汚したりしても、替えはねえんだからな」

「わかった！」

二人とも、キーホルダーを手で撫でたり、頬ずりしてその感触を楽しんでいる。ミンクの襟巻などの製品は生産者である孝文自身も手が出ない値段だが、こういった小物ならミンクを服飾品として使わない年代の人間にも手にとってもらえる。孝文は、今度辰老人に子ども達が喜んでいたことを伝えてやろうと思った。

子ども達は帰る時、二人とも大事そうにキーホルダーを手にしながら「父ちゃんと母ちゃんとばあちゃんにも見せてやるんだ」と嬉しそうにしていた。彼らを見送り、孝文がミンク小屋の掃除をしていると、重いエンジン音がこちらに近づいてくるのが聞こえた。程なくして、林の向こうから大きな外国製のバイクが砂利道を突進してきた。ミンク小屋の近くぎりぎりでスピードを落とし、またがっていた大柄な青年が笑う。

「おう、孝文。元気でやってっか」

「お蔭さんでな。今日はどうした」

「いやちょっと、訊きたいことがあってな」

相好《そうごう》を崩している青年は、孝文が働きに出ている網元の息子、圭佑《けいすけ》だった。父親の代からの付き合いだから、気心の知れた幼馴染《おさななじみ》といえる。

「圭佑お前、親父さんがぼやいてたぞ。バイク乗り回してないで、もう少し真面目に仕事勉強しろって」

「仕事は仕事できちんとやってるよ俺は。親父が昔かたぎすぎるんだよ。それより、これからの漁業だって魚獲《と》って終わりってんじゃないんだから、見聞広げないとさあ」

そう言って圭佑は全く屈託なく笑う。買い与えられた高いバイクを乗り回し、最低限の仕事をこなしてはほうぼう走り回ってばかりいる後継ぎだが、人懐こく、下働きの者や若手漁師からも慕われている。

「お前の育てたミンクの毛皮さあ、兼田製作所で買えるって前に言ってたよな」

孝文の生活する小屋でストーブの前にどっかりと陣取ると、圭佑は前置き無しに切り出した。

「ここで俺がとっ捕まえて皮ひっぺがしたら駄目なのか？」

「駄目だよ。きちんと綺麗に皮にして、製品に仕上げるのは職人の仕事だもの。素人が真似できたもんでないって」

ふーん、と大して興味もなさそうなふうを装って、圭佑は後ろに流した髪をさらに撫でつけた。そのまましばらく何も言わずにそわそわしていたが、孝文が白湯《さゆ》を入れた茶碗を渡すと、ようやく口を開いた。

「あのさ。今度俺、嫁さんもらうわけよ。根室のな、網元の二番目の娘なんだ」

「良かったでねえの。いつ？」

「まだ決まってねえ。というか、これから嫁になってくれって頼むのさ」

若干頬を染め、それでも胸を張って言う圭佑に、孝文はなかば呆れ、なかばこいつらしいと笑った。

「それでさ。俺んとこも向こうも結納がどうのって堅っ苦しいのはどっちかってえと面倒臭い家だから、お前の育てたミンクでできた上着でも先方にやろうかと思ってさ」

「ミンクの上着って、コートかい。えらい高いぞ」

「高いからいいんだろうさ、祝い事なんだし」

「まあ、そりゃそうだけどさ」

圭佑が嫁にしたがる娘ならば、まだかなり若いだろう。ミンクのコート、しかも婚姻の約束の証《あかし》となれば安っぽいものでは済まされない。普通の漁師の娘や後継ぎには決して手が出せないものを無邪気に望む、圭佑の家の贅と大胆さは、孝文には清々《すがすが》しくさえ思えた。

「そっか、そりゃ、いい毛のやつ卸さねえとな。兼田の工房の親父さんに頼めば、毛皮の指定はできると思う」

「じゃ、兼田製作所に行って、沢田《さわだ》孝文が育てたミンクでって指定してコート注文すればいいんだな」

「うん、したらたぶん大丈夫だと思う。指定してもらえば俺も商売としてありがたい」

そうか、と圭佑は機嫌よく笑い、頷いた。彼の頭の中にはもう出来上がったコートを手に自分のもとへと嫁いでくる女の姿が描かれているのだろう。孝文は白湯を注ぎ足して、圭佑を肘で小突いた。

「で、いい女なのか？」

「そりゃもう、いい女だ。肉付きがちょっと悪いけどな、俺んとこ来たらいっぱい食わせて、楽させて、そんでミンクのコート着させてやる」

「似合うといいな」

「似合うさ。お前のミンクだ。絶対似合う」

二人でそう笑い合った。お互い、女の服やら毛皮やらが似合うかどうかなどまるで分かりはしないが、似合えばいい、と孝文は願った。

「お前もさあ、早く嫁さん貰うといいよ。金貯めてさ。したら、賑やかでいいぞ」

報告を終えて、すっきりとした顔の圭佑はからからと笑う。その明るい笑いを見ていると、孝文も明るい将来像に引っ張ってもらえそうな気になってきた。

「そうだな。うん、そうだよな」

圭佑は自慢のバイクにまたがりながら、「じゃ」と格好をつけて帰っていった。彼が根室にいるという女に孝文が育てたミンクを贈るというのは、勿論品質がいいものを用意したいという理由もあるだろう。しかしそれと同じかそれ以上に、孝文により多く利益が廻《まわ》るようにと思ってのことかもしれない。おそらく、そう口に出して指摘したなら彼は笑って否定するのだろうが。

その気遣いに感謝しながら、彼は圭佑が走り去った方向に軽く頭を下げた。いいミンクを育てよう。いい毛皮を送りだそう。心の底からそう思った。いつかその毛皮が友人の身内の体を包み、寒波からも守って温めてくれるように。

○

久美子と修平は、その後しばらく孝文の家に遊びに来ることはなかった。根雪が地面を占めてはじめてようやく、とぼとぼとミンク小屋にやってきた。足取りが重いだけでなく、どこか顔が暗い。

「あれ。前にやった、ミンクのキーホルダー、どうした?」

「あ、あれね」

目を合わせないまま、久美子はばつが悪そうに下を向いて言った。

「あたしの、黒いやつは、ばあちゃんに捨てられちゃったの」

「捨てられた?」

彼らの祖母はいつも自室に籠《こも》っており、孝文は直接会った覚えがない。二人の話から推測するに普通の人だと思っていたのだが、人から貰った物を捨てるとはどういうことなのか。疑問に思っていると、久美子はさらに暗い声で呟いた。

「毛皮のものなんか、持ってちゃ駄目だって。ろくでもないって」

ろくでもない。思わぬ言葉の強い意味に、孝文の思考は凍りついた。取り繕うように、修平が「あ、でもね」と無理に明るい声を出す。

「ぼくの白いのはね、しまってあるから大丈夫だよ」

「ねえ兄ちゃん、猫の木って知ってる？」

顔を上げた久美子が、ふいに奇妙なことを訊いてきた。その目にはある種の怯《おび》えのような揺らぎが宿っている。

「いや。知らない。何さ、猫の木って」

「戦争やってる時、ばあちゃん、ケンペイさんと村長さんの命令で、飼ってる猫ば差し出したんだって」

戦争の時。この子達はまだ生まれていない頃。孝文の父親が、大陸で戦っていた頃のことだ。

「どこさ、それ。ばあちゃん、どこ出身だの」

「札幌の近くにあるナンタラっていう集落だって言ってた。猫とか犬、神社の前にある広場に全部連れて来させられて、みんな殴って殺して毛皮にしなきゃいけなかったんだって。お国のためにって。兵隊さんの服にするんだって」

お国のために。兵隊さんの服。そのために毛皮を。孝文の背をぞわりと寒気が這うが、久美子の話を止められぬまま、耳を傾けた。修平も下を向き、拳を握り締めてそれを聞いている。

「でも、犬だと紐《ひも》引っ張ってくから大丈夫だけど、猫は無理矢理に籠に押し込んだり、抱っこして連れて行ったから、逃げたりするの。ひょいって。その猫達が境内の木に登っちゃったんだって。何匹も何匹も。木の上のほうに登って下りて来ないの。飼い主も、ケンペイさんも、みんな下で『早く下りて来い』って怒鳴るから、余計猫は下りて来ないの」

「ばあちゃんの猫も、その中にいたのか」

「うん。可愛がってる三毛《みけ》だったたって。それが、猫の木に登って、絶対に下りて来なくて、そのままになったたって」

「そうか……」

孝文も聞いたことはあった。戦争中、子どもから老人までもが神国日本の勝利を信じて已《や》まず、金属なら釘《くぎ》から釜まで何もかもを差し出すよう要求されていたあの時代に起きていたことを。学校や各家庭ではウサギを飼育することが推奨されていた。あの、ふわふわで柔らかで可愛らしい生き物をなるべく多く繁殖させ、飼育せよとの号令が下された。肉は食料に。そして毛皮は北の戦線で戦う兵士たちの戦闘服に使われていたのだという。

実際、孝文の父親は敗戦後、シベリアの強制労働に送られた際、北海道の冬など「糞ほどの比較にもならない」ほどの寒さの中、毛皮を内側に張った上着のお蔭で自分は生き延びられたのだと信じていた。

「分かるか、孝文。寒い冬の朝、鼻毛が凍るだろう。でもシベリアではな、鼻毛だけでなく眉毛も睫毛《まつげ》も全部凍る。そして、歯が痛くなるんだ。口を閉じていても、面の皮ごしに骨も歯も冷えていく。ありゃあ参った。前歯が凍ったみてえになって、ずきずき痛むんだ。虫歯でもねえのに。でもそんな時、上着の襟を引っ張って、顔に当てんだ」

温かく燃えるストーブの近くで、僅かな酒を舐《な》めながら、それでもどこか楽しげに話していた父親の姿を孝文は思い出す。

「襟の内側には動物の毛皮が張ってあった。ありゃ、何の毛だったんだろうな。ミンクでないのは確かだけど、柔らかくて、あったかくてなあ。そん時、その毛皮が当たった部分だけは、シベリアの寒さも敵《かな》わなかった。俺達は戦争に負けたよ。完膚なきまでにってやつだ。外国にも、日本国民全員が望んでた未来にも負けた。でも、俺の襟は、毛皮がついたあの襟だけは、シベリアに負けなかったんだ」

父は、戦線で嫌になるほど見たであろう血の話はしなかった。積み上げられたという同胞の死体の話をしなかった。ただ、自分の首元を温めてくれた何かの獣の毛皮の話ばかりをしていた。

ぼろぼろになってシベリアから帰還し、孝文と再会してミンクの養殖を志した父の動機はその抑留体験に根があったのだろう。だがその因果関係が直接彼の口から語られたことはない。

それでも、その仕事の真摯さと誠実さ、そしてミンクを扱う際の丁寧さから、孝文は父親を尊敬し、その技術をしっかり学ぼうと努めたのだった。父が信じた道だ。生業《なりわい》として選んだ職業だ。孝文の中に迷いはない。そうありたかった。

「ばあちゃんがね、キーホルダー見て、言ったの。戦争も終わったってのに、毛皮の為に動物を殺生するなんてろくでなしだ。もう遊んだらいけねえって」

「ねえ姉ちゃん、いいよもう、やめよう」

「戦争終わったのに、もう猫の皮剝《は》がなくていいのに、剝ぐために動物飼う意味はないって」

どん、と、音が先に響いた。

頭で考えるより先に、拳が手近な壁を殴っていた。久美子と修平が体を強張《こわば》らせる気配があったが、見ることはできなかった。孝文は下を向いたまま、低い声で唸《うな》るように口を開く。

「なんも。婆さんも、お前らも、なんも知らねえ癖に、何様だの」

子どもも相手だ。止めろ。心の中で制止を促す声が聞こえたが、暗い声が喉から湧き出るのを止められなかった。

「偉そうなことを言って。乳や肉とるのに牛ば飼うのと、毛皮とるのにミンク飼うのと、どこの何が違うっちゅうんだ！」

語尾が荒ぶった直後に、二人は小屋の外へと駆けだした。しまった、と火照《ほて》った頭が冷水をぶっかけられたように冷え、彼らを追う。開け放たれた戸口から外に出ると、久美子と修平が自宅への道を走っている背中が見えた。風に紛れて、二人分の泣き声が聞こえてくる。

「……ろくでなし、か……」

急に全身が力を失い、孝文はその場にしゃがみ込んだ。血がうまく回らない頭の中で、過去に生きた人間の価値観と自分の信念とがぐるぐる回る。いくら考えたところで答えの尻尾を捕まえられるはずもなく、風はなお冷たく吹き付けた。

○

「うん、今回のやつも質は問題ないな」

辰老人はいつものように檻の中にいるミンクを見分すると、人を呼んで奥の工場へと持って行かせた。いつもと変わらない光景だが、孝文にはこの時キイキイと鳴くミンクの声がいやに耳についた。昨日の久美子と修平の泣き声が頭の中で重なり、孝文は軽く頭《かぶり》を振った。

気分が重い孝文とは逆に、辰老人の機嫌は良いようだった。

「先月あたりよ、お前のとこのミンクを指定してコート作って欲しいってアンちゃんがなんかでかいバイクで来てたよ。金に糸目はつけねえって話でな」

「ああ、知り合いです。カミさんにする女にやるってことらしくて」

「へえ。そりゃ景気良いことだ」

ありがてえありがてえ、と辰老人は笑うと、工房の奥から衣紋掛《えもんか》けに架かったコートを持って来た。

「昨日取りに来るっちゅう話だったけど、まだ来てねえな。お蔭でお前に見せられるわ。どうさ、これ」

「ほお……」

思わず孝文の口から感嘆の声が漏れた。女が着ればおそらく首から尻の下までをすっぽり温かく覆ってくれるであろう長いコートだった。裾にはミンクの尻尾が長くフリンジのように揺れている。

いっけん灰鼠色《はいねずいろ》だが、窓から入る日光が当たったところは内側からきらきらと白銀に輝くようだ。これだけ大きいと何匹分もの皮を繋いで作ってある筈《はず》だが、縫製技術の妙なのか余計な継ぎ目は一切分からない。

「すごいよ親方。これは、すごい仕事です」

「どこに出しても恥ずかしくないモンを作ったつもりさあ。孝文、おめえの育てたミンクだからだ」

辰老人は満足げに笑うと、コートの肩から裾にかけてと、背中と前身頃《まえみごろ》を指し示した。

「ここも、ここも、同じミンクでも毛の質や毛色が変わっちゃ塩梅《あんばい》が悪い。こんだけ高い質が揃った毛皮は、お前じゃないと用意できんかったろう」

老人の、節くれだった職人の手がコートの表面を丁寧に撫でる。長年の酷使と寒い環境に耐え、幾多の女達の身を温める毛皮を仕上げてきたあの手だった。

「いい仕事さして貰った」

ほとんど初めて、辰老人に手放しで褒められた瞬間だった。いつも、問題ない、悪くない、という言葉ばかりで、それは辰老人が品質を十分認めてくれているのだと分かってはいても、こうして面と向かって言われると面映《おもは》ゆい。

「いや、親方がミンクば活《い》かしてくれたんです」

孝文はコートの表面を撫でた。梳《す》かれて整えられ、加工された毛皮は生きているミンクの手触りとはまた違う、しかし違う意義と生命を与えられた被毛の温かみがあった。

「喜ぶと思います、きっと」

「これだけのモンだ、やるほうも貰うほうも喜ばねば嘘《うそ》だ」

港から吹き付ける冷たい海風の中、空の檻を手に駅へと向かう足取りは思いのほか軽いものとなった。懐が温かいからだけではない。自分の仕事が認められた自信で心の底が温かい。孝文は自分の単純さに少し呆れつつも、薄い上着の前をかき合わせて駅へと急いだ。

駅舎に入る前に、ふと時計と時刻表を見比べ、駅前通りにある菓子屋に足を向けた。あの子達と、仲直りをしようと思いついたのだった。

昨日は大人げなく怒り倒してしまった自分のばつの悪さと、なにより子ども達を怯えさせてしまったのが申し訳ない。饅頭の一つや二つで許してもらえるかは分からないが、何もないよりは余程良いだろう。幸い今日は銭の余裕もある。

孝文は菓子屋で大島饅頭を二つと、並びの商店で酒の小瓶を一本求め、発車寸前の列車に滑り込んだ。

冬の早い日没を迎え、暗くなり始めた雪原を汽車が行く。カタン、カタンと揺れながら、孝文は時折思い出したように酒の小瓶から一口含み、車窓の外を見ていた。

汽車の照明が窓から洩《も》れ、雪原を一時、四角く切り取ったように照らし出す。その雪原に時折、獣の足跡が残されていることがある。野ウサギか、キツネか、はたまた他の何かか。ぽつぽつと定期的に雪を踏んだ跡を見つけるのをいつしか心待ちにしながら、孝文は家路を愛《いと》おしんだ。

心地良い揺れと車内の温かさに軽く酔い、到着まで少し眠ろうかと目を閉じた頃、耳が車内のざわめきの一つを拾った。

「今警察が調べてるらしいんだけど、湖の氷に落ちて死んだ若いのがいるんだってさ」

車内のダルマストーブにあたりながら世間話をしている中年女性の声だった。孝文は目を閉じたままで女性の声を反芻《はんすう》する。湖とは風蓮湖《ふうれんこ》のことだろう。根室に入る手前にある大きな汽水湖で、冬は厚く氷が張る。氷に穴を開けるとワカサギが簡単に釣れるため、この時期の日中は人影が絶えることはない賑わいだが、時折氷の薄いところを踏み抜いて命を落とす者も出る。またその手の事故か、気の毒に、と孝文は思った。

「なに、氷割って落ちたって、魚釣りしててかい？」

「そうでなくて、なんでも根室への近道だって道路代わりに走ったみたいでさ。しかも調子こいて二輪だと。まだ氷薄いのにねえ」

少し前、馬が主な交通手段に使われていた頃は根室まですぐに行けるため氷上を走って、馬ともども氷の下に落ちてしまう者もいたそうだ。

汽車も道路もそれなりに整備されてきたというのに、わざわざ氷の上を近道しようとしたとは。孝文は半分睡魔に呑まれた頭で考える。余程の酔狂か急いでいたかのどちらかだ。

「死ぬにしても、乗り物ごととはいたましいわ。親にしてみれば本当、馬鹿ったれだべね。外国のでっかいバイクっちゅうたら、高かったんだろに」

孝文は思わず跳ね起きた。バイク。外国製。根室に急ぐ理由のある若者。そして、兼田ミンク製作所で昨日来るはずだった注文主を待つ豪奢《ごうしゃ》なコート。

酔いはいっぺんに覚めた。孝文は気づくと、ストーブの前に座っている女性に詰め寄っていた。

「すいません、さっきの話はっ……」


孝文が自宅に着いた頃には夜も更《ふ》け、満月に近い月が天頂近くまで昇っていた。ただいまを言う相手がいないことも、灯《あか》りがついていない冷えた家もいつも通りなのに、今は何倍も心身にこたえる。

結局、汽車で女達の話を聞いても噂話《うわさばなし》の域を出ず、孝文は駅を出ると圭佑の自宅まで急いで走った。頬を裂きそうなほど冷たい空気も構わず、気ばかりが急《せ》く。

目的地に近づくごとに心で膨れあがる不安は、圭佑の家の前に警察の車が停《と》まっているのを目にして頂点に達した。本来、毎夜誰かしら客が集っては酒盛りをしている家のはずが、外見から分かるほどひっそりと静まり返っていた。

孝文は結局、家に足を踏み入れぬまま自宅へと戻った。灯りも点《つ》けず流しで水を一杯飲み、暗い部屋でどっかりと座りこむ。目蓋の裏には、兼田で見た立派なコートと、自分に早く嫁を貰うように勧めてくれた圭佑の笑顔がちらついた。

明日、きちんと圭佑の家と兼田の工房に行かなければなるまい。それに、自分には世話をするべきミンク達がいる。良いことであれ悪いことであれ、何が起きても彼らに毎日餌と新鮮な水を与え、健康に気を配ってやらねばならない。

身に染みすぎている現実が、それでも今の孝文にはほんの少し救いのように思われた。

孝文は目蓋を開くと、上着を脱いだ。明日の朝も仕事は早い。着替えようとして、ふと、静まり返った室内に奇妙な違和感を得た。

静かすぎる。空気が澄みきった夜とはいえ、隣のミンク小屋から何の音も聞こえてこない。孝文は家の外へと飛び出した。

外の風景は月光を受け、何もかもが冷たく光っている。本来、ミンク小屋から感じる彼らの動きや檻の軋《きし》みは全く聞こえなかった。

「まさか。まさかだろう」

応える者がいない言葉を発しながら、孝文は小屋のドアに手をかけた。内部はなお静かだ。いつもなら人の気配に気づいたミンクがキイキイと喜んで餌をねだる声がするのに。

渇いた喉と、全身に滲み出てきた冷たい汗が一瞬彼の体を止める。望ましいことなど何ひとつない。そんな予感が腹の奥で固まり、しかしそのままにしておける訳もなく、孝文は小屋の戸を開けた。

匂いはした。慣れ親しんだミンクの体臭と糞と餌の魚の匂い。しかし、暗い内部で音が全て死んでいる。

明り取りの窓から月の光が差し込んでいた。照らされた先にある檻の中には何もいない。檻の戸は開け放たれていた。

孝文はひとつひとつ、月明りの下にやけに軽い檻を持ってきては確認をした。どの檻も全て、入り口の金具が外されてミンクは逃げてしまっている。小屋の中に一匹も残ってはいなかった。うまく空気を吸えず、呼吸が喉の奥でひゅうひゅうと嫌な音を出し始める。ふらふらと孝文が小屋の外に出ると、月明りに照らされた足元に、白いミンクのキーホルダーが踏みつけられ、薄汚れた状態で落ちていた。

孝文の暗さに慣れた目が周囲の様子をとらえる。周辺には小さな子どもの足跡と、無数のミンク達の足跡が雪に刻まれ、四方八方に散らばって消えていた。

○

タクシーは灰色の波が打ち寄せる浜沿いの道を通り、やがて『茨散沼』と書かれた看板まで来た。看板の矢印の通りに舗装されていない道へと入る。道の両側に枯れ葦《あし》と雑木が生える中を一分ほど進むと、前方に林に囲まれた沼が見えた。

「この辺でお願いします」

運転手は男の指示の通り、道の途中で車を停めた。後部座席を振り返り、男が金をトレイに置くのを確認する。しかし、後部座席のドアは開かない。

「あの、ドアを」

戸惑った声を上げる男に、運転手は金を仕舞いながら口を開いた。

「帰りはどうされるんですか」

一瞬、男は口ごもった。取ってつけたような嘘を言われる前に、運転手が先んじて言う。

「二時間後ぐらいでいいですか。またここに迎えに来ますんで」

「いや、それは。また来て貰うのは迷惑でしょうし」

「ええ。中途半端な時間だから空港戻る訳にもいかないし、この辺で客拾って時間潰せる訳でもないしで、どっか浜の空き地にでも車停めて寝て待つしかないでしょうね」

運転手の容赦ない物言いにあっけにとられつつ、男は「でしたらやっぱり」と反論を試みる。それを聞かずに、運転手は続けた。

「だから、少しでも迷惑かけてと思われるんでしたら、二時間後には絶対に、必ず、ここに戻ってきて下さいよ。でないと私、もっと困りますんで」

断固とした口調に、男は口を開き、何も言わないまま閉じた。そして、深々と運転手に頭を下げた。

「分かりました。よろしくお願いします」

とどめに運転手に腕時計を渡され、二時間後ですよと念押しされて、ようやく男は後部ドアを開けて貰えた。ボストンバッグは車内に残したままだった。

男は枯れた下草を踏み分けて、沼をぐるりと囲む森の中を進んだ。かつて通り慣れた道も新たに若い木が生えていて、勘を頼りに進むしかない。

沼を半周してようやく、目の前の景色と記憶の光景が一致をみた。他より木が若いのか、やや細いナラの木が生える森の中で、建物の残骸がかろうじて残っていた。崩れ落ち、半分は地に埋まるようにしてひっそりと佇むコンクリートの残骸は、家畜飼料用のサイロだった。

かつて自分と家族とが細々と牛を飼っていた小さな名残。サイロには草を運び込んだきつい手伝いの記憶しかないが、それでも男の埋もれた記憶を揺り起こすには十分だった。掘立小屋のようだった住居はもはや完全に風化して跡形もない。そのサイロだけが、かつて確かに自分達がここで生活していたという証明のように残っていた。

男は周囲をさらに見渡し、記憶を頼りに沼の畔《ほとり》を歩いた。子どもの時分と今の距離感覚の違いを差し引いて探したが、目途をつけた場所にあの頃姉と共に通った青年の住処《すみか》はなく、ミンク達が入っていた檻の残骸も勿論見つかりはしなかった。

「ごめんなさい」

歩き回りながら、修平はいつしか泣いていた。涙と鼻水を垂れ流し、ただ「ごめんなさい、すみません、ごめんなさい」と謝罪の言葉を繰り返す。言葉の空疎さに自ら呆れ果てて、それでも止めず、ひたすら自分が逐電させるに至った青年の名残を探し求めた。

あの日。自分は姉の久美子と共に、青年の留守を狙ってミンク小屋に忍び込み、全てのミンクを外へと逃がした。絶対正しいと信じて実行した。後悔はなかった。祖母の意見をそのまま受け入れ、毛皮のために畜生を飼うなど非道だ、あの男は実はろくでなしだ、と信じて疑わなかった。

「これは二人だけの内緒だよ」

当時、姉に言われた言葉が脳裏に蘇《よみがえ》る。正しいことをしたはずなのに、どうしてか拭えない罪悪感は二人にこの誓いを固く守らせた。

姉弟はひと冬の間、腹にもやもやしたものを抱えたまま過ごした。春になってようやく、修平だけが意を決してミンク小屋へと足を向けたが、そこには空の檻と無人の小屋しか残っていなかった。雪がとけてぬかるんだ泥には足跡の名残ひとつ見つからない。

青年は誰にも知られぬまま、住処から姿を消していた。両親や大人たちはその行方を訝《いぶか》しんだが、いつしか話題にも上らなくなり人々の記憶から薄れていった。

しかし、自分達がしでかしたことの重みは、修平が成長するにつれて次第に大きく腹へと溜まっていった。

日々を丁寧に、信念を持って生きていた人を裏切ったこと。その誇りを奪うに至ったこと。あの獣達を放った行為は後に、外来生物を野に放つという贖《あがな》いきれない愚行であると知ったこと。全てが自分を責めたてた。

ミンクの養殖業も時代の流れの中で携わる者が減っていき、根室の大きな業者もバブルの終わり頃にはその名を聞かなくなった。

青年がもしあのままミンクを飼い続けていたら、今頃どう生きているか。修平には想像しようもない。青年がこの地を離れた後、もともと小規模農家だった自分の家は規模拡大の波に乗り切れず、じきに破綻をみた。家族で町に移り住んですぐ、祖母は恨み言を毎日口にしながら衰え死んだ。両親も細々と暮らしを続け、骨を埋めていった。

姉はあのことは何も覚えていないふうで、早々に嫁いで平凡な暮らしを営んでいたが、先だって急な病に冒され、離れて孤独に暮らしていた修平を枕元に呼んだ。

「あれは、しくじった。お前とあたし、絶対やっちゃいけないことだったよ」

姉はその後明確に言葉を発することもないまま旅立ち、真意は今も修平には分からない。懺悔《ざんげ》とも呼べる言葉を、修平は遺言と見なした。

そして修平はここを訪れた。殆《ほとん》ど何もない野っ原へ、悲しみしか自分の中に湧き起こらないことを知りながら、ここに来た。来たこと自体に後悔はないが、そのぶん遠い過去の罪が自分の中で激しく渦を巻く。

修平は乾いた草の上に腰をおろすと、しばらくじっと膝を抱えていた。そよぐ風が耳の先に冷たい。ふと、カサカサと草をかき分ける音に頭を上げた。

息を呑んだ。ほんの、手を伸ばせば届きそうな近さで、胴体が細長い黒い獣がこちらを見上げている。

「お前」

声になるかならないか、小さく空気を吐きながら、修平の目はその生き物に釘づけになる。

「生きてたのか」

答えないまま、濡れた黒い体毛を光らせて、獣はするりと氷の割れ目に入っていった。

ぽちゃん、という音が小さく響き、男が見守る間に再び姿を見せることはなかった。

翠《みどり》に蔓延《はびこ》る

秋の風はハッカの匂いを乗せ、汗と埃にまみれた肌のほてりを冷ましてくれる。ハッカ草の刈り取り時期、抜けるような晴天の下、作業の手を止めてその風を浴びるのがリツ子は幼い頃から好きだった。

「ああ、今年のハッカもやっと育ったねえ」

「夏の雨にはどうなるかと思ったけど、なんとかなって助かったわ。イモだら土の中で腐ってしまったのもあったけど、ハッカはしぶとい」

「ほんとにねえ。だめになるのを心配しないでいいだけありがたいわ。いいハッカだ」

農家同士でそんな会話を交わしながら、ハッカ刈りの季節は過ぎていく。一年で一番重要な時期とあって忙しいことこの上ないが、みな、表情は収穫の喜びに満ちていた。

昭和九年。ここ北見《きたみ》の秋は穏やかだ。家族で丁寧に育てたハッカ草を、晴天が続く日を選んで一家総出で刈り取り、手分けして束ねては、はさ掛けにして畑の脇に干していく。近隣の畑でも同様の光景が繰り広げられ、収穫真っただ中の北見盆地を抜けていく風はこうしてハッカの香りを纏っていくのだ。

去年も今年も、リツ子は秋のこの風を浴びた。来年も再来年もその先も、自分がじき妻になり母になった時にもきっと同じ。そう信じて疑わなかった。

北海道の北東部、知床《しれとこ》連山を背にオホーツク海へと接するここ北見地方でハッカ草の栽培が始まったのは、明治後期からだった。日本でのハッカ草栽培はもとは岡山などで盛んだったが、同地方から北海道への開拓移住に際して導入され、ハッカ草を原料としたハッカ油やハッカ脳の投機価値の高まりもあり、北見でも栽培が盛んになったのだ。もともとハッカは寒冷地には向かない作物ではあったが、北見地方の特徴である夏の高温少雨、収穫期の秋に適度に乾燥する気候、そしてなにより肥沃な土壌が栽培適地と見なされた。

リツ子の家も父親の代からハッカの生産を始めた。もとは盆地に広がる畑で細々とイモなどを作っていたものを、周囲の農家がハッカ生産を始める中で、流れに乗って新たな作物へと手を出したのだった。

リツ子の祖父は折に触れ、「農家は自分の食いモンを自分で作るものだ」と繰り返し、ハッカ草を育てることにはどこか懐疑的だった。かつて、ここが鬱蒼《うっそう》とした森林だったものを木一本、草一束から一つ一つ抜いて畑にした初期開拓者の精神が、商品作物への懐疑を募らせていたのだった。

リツ子の両親もそんな考えを尊重していたのか、畑の全てをハッカ草にすることはなく、一部は以前のままのジャガイモ畑にしていた。近隣農家の口さがない者は、よく「田辺《たなべ》さんとこはお堅いんだぁ。全部ハッカにしちまった方が儲かるべし。イモだらハッカで儲けた金で、売ってるやつなんぼでも買えばいいべや」などと陰口を叩いていたようだが、リツ子の両親はそれでも祖父のイモ畑は守っていたのだった。

晩秋に根を植え込み、春夏を通じてハッカは成長していく。そして秋の収穫期を迎えると、一斉に刈り取る。刈り取りの時期と干す期間は慎重に見極めねばならない。干しすぎると肝心の葉っぱがかさかさと落ちてしまうし、干し方が足りないと草に含まれるハッカ油の成分が薄くなってしまうためだ。

幸い、北見は南東側の知床連山のお蔭で、風が遮られてなおかつ乾燥している。ハッカ草を干すには好条件だが、それでも農家はのんびりとしてはいられない。今はリツ子も学校を出て家の手伝いができるが、子どもの頃は忙しそうな家族を見て、学校に行かねばならないのが後ろめたく思えたほどだった。

「よおし、干し上がったぞお。いい塩梅だわ」

「隣から馬車借りてこいやあ。蒸留小屋の順番、遅れちまう」

平等に陽《ひ》の光に照らされた畑のそこかしこで、農家はそれぞれに忙しく立ち回る。ハッカ草の束は適度に干し上げられると、すっかり軽くなって近隣の蒸留小屋へと運び入れられる。数軒の農家共同で使用する小屋の中には、大きな蒸留釜がひとつ鎮座していて、次から次へとハッカの束を蒸留し、油をとっていくのだ。

作業は小屋を利用する農家が互いに協力しながら行われる。大きな釜の上部から干したハッカ草の束を入れ、より密にするために、大人が何人も「ヨイサ、ヨイサ」と声を掛けあいながらまるで踊るように草を踏み固めていく。ぎゅうぎゅうに詰まった草の上にさらに草を重ねて踏み固めることを繰り返し、もうこれ以上は入らない、となればいよいよ釜に炭と火を入れる段となる。

火入れはひと釜につき何日もかかる。その間、誰かが必ずつきっきりで火の番をせねばならない。大抵は男達の仕事だった。小屋の中は暑さと湿り気と噎《む》せ返るようなハッカの匂いに満ち、決して居心地のいい場所ではないが、当番でなくとも手の空いた者は蒸留小屋に集い、たわいのない話などして、蒸し上がるのを待つ。湯を沸かす釜の火でカボチャを焼いたり、農家のおかみさんが交代で食事を差し入れたりと、楽しみもある仕事であった。

釜いっぱいのハッカ草を蒸していくうち、発生した蒸気は釜上部に取り付けられたパイプを伝って外へと逃げていく。そのパイプは水の中を通り、蒸気はゆっくりと冷やされ、やがて管の端から液体に戻ってぽたり、ぽたりと零《こぼ》れ落ちていく。

桶《おけ》に集められたその液体は、水と蒸留物が混ざった状態にある。それを静かに置いておくと、水の表面に薄緑がかった層ができる。これが目当てのハッカ油だ。溜《た》まってきたそれを丁寧に集め、一斗缶に入れる。これを取卸油《とりおろしあぶら》といい、これこそが各農家の大事な最終収穫物となる。

一斗缶に詰められた取卸油を仲買人に売って、ようやくハッカの生産は一年の区切りを迎えるのだった。この取卸油の一斗缶ひとつで、大体ひとつの家族一年分の食費が賄えるとあって、ハッカ草の収穫とハッカ油の蒸留は農家にとっての生命線といえた。

リツ子の家も刈り入れとはさ掛けが終わり、ようやく作業が一段落ついた。蒸留釜はいつごろ使えるかと、蒸留小屋へ様子見に足を向けた。

「火の番、お疲れさまです」

「おうリツ子か。お疲れさん」

「あれ、今日の当番は光男《みつお》ちゃんかい」

小屋の中では一人の青年が釜の火を調整していた。近所の幼馴染の光男だった。リツ子より二つ年上で、学校を出てすぐに跡取りとして働いている。

「どう、調子は」

「まああだべな。いま沢尻《さわじり》さんとこの蒸してるから、終わったらお前ん家《ち》の蒸留入るぞ」

「あれ、自分とこの蒸留は後回しなのかい」

「俺んとこ、一部丘の陰になって草の成長遅めだからな。他んとこの蒸留してる間に家族が刈り入れ始めてそれから干して、蒸しに入るので丁度だ」

「ふうん」

話しながらも薪《まき》をくべる手を休めない光男を、リツ子は手持無沙汰に見ていた。もともと子どもの頃から懸命に家の畑を手伝っていた光男だが、学校を出て本格的に後継ぎとして働き始めてから、やけに体が大きくなったように思える。

「その頃うちは作業終わってるからさ。父ちゃんと弟、刈り入れの手伝いに行かすよ」

「助かる。お前は？」

「……あたしも行くよ」

「おう」

光男の太い腕には玉の汗が浮き、ランニングシャツが肌に張りついている。リツ子は自分も汗が噴き出そうな気がして、慌てて額の汗を拭いて戸口へと向かった。

「何だ帰んのか。親父さんに明日には蒸し始めるって言っておいてくれな」

「わかった！」

返事をするかしないかと同時に、リツ子は小屋の外に飛び出した。体が熱い。まだ汗が浮く。ハッカの匂いがする風が額を頬を撫でていくのに、まだ熱い。走るのをやめればいいのに、なんだか体を強く動かさずにはいられない。

あたしはへんだな。そう思いながら、結局家までの道のりをリツ子は駆けたままで帰った。

「あれっ」

家の近くまで来ると、玄関前にぴかぴかの黒いオートバイが停まっているのが見えた。あいつか。リツ子は腹の中で毒づいた。古い木造のわが家と真新しくいかにも高価そうな乗り物は不釣り合いに見える。

正直、あの客が来ているなら帰りたくないが、帰らない訳にもいかない。リツ子は横目でオートバイを睨《にら》みながら玄関へと入った。こちらも過剰なまでにぴかぴかの革靴が土間に並んでいた。

「……ただいま」

「おう、リツ子ちゃんかい。調子はどうさ」

茶の間の上座で、胡坐《あぐら》をかいた小柄な男が機嫌よく手を振ってきた。リツ子と五歳ほどしか違わないはずだが、妙に鷹揚なのが生意気に見える。上等な仕立ての三つ揃いは全く似合っていなかった。

「なんも。毎年の通りです」

リツ子はつれなく頭を下げると、そのまま男を見ずに台所に直行した。「今日もつれないねえ。折角べっぴんさんなのに勿体ないなあ！」という笑い声が妙に甲高《かんだか》くて耳障りだった。

仲買人の山田吉太郎《やまだきちたろう》はこの地域で一番のやり手だと評判だった。ハッカ油の仲介業者の中では一番の若手だが、父親から引き継いだ仲買業を大きくして、一帯の農家から取卸油を仕入れている。景気の時流もうまく見極め、昨年は街の中心部に大きな二階建ての家を建てた。それはあまりの豪華さにハッカ御殿とさえ言われた。

山田は他の地域で跋扈《ばっこ》しているという悪徳仲買人とは違い、油を極端に買い叩くようなことはなかったが、農家から旨《うま》みを吸い上げることに変わりはなく、リツ子の両親はどこか彼に疑わしげな目を向けていた。

「リツ子。ちょっと、お客さんにお茶お出しして」

「えぇー……」

「馬鹿。聞こえるよ。いいから早く出す」

「はぁーい」

母から茶碗の載った盆を手渡されて、リツ子はしぶしぶ茶の間へと引き返した。

リツ子はさらに彼の軽薄な物言いや態度が気に食わない。駅前に立ち並ぶ妓楼《ぎろう》で派手に遊ぶ姿をよく見るという人もいる。そのあたりは商売と関係ないとはいえ、自分達の働いた金が形を変えてそのように消費されているのかと思うと、若いリッ子は率直に腹が立った。

「失礼します。どうぞ」

「おう、可愛い子にお茶出して貰えるとは嬉しいねえ。田辺さんとこの取卸油が毎年品質いいのは、綺麗な嫁さんと可愛い娘さん達がハッカ草世話しているお蔭じゃないのかねえ」

ぬけぬけとまあ、よくそんな軽口が次から次へと。リッ子は呆れを表情に出さないよう最大限注意していたが、何も言わないのをいいことに、山田は自分の隣の床をぱんぱん叩いた。

「まあちょっとリッ子ちゃんもここお座りよ。ねっ」

思わずリッ子は山田の向かいに座っている父を見たが、父は無言のまま、言う事を聞くようにと目で促すだけだった。山田は昔からなにくれとなくリッ子にこうしたちょっかいを出すのだった。実害はないが嬉しくもない。リッ子が内心嫌々隣に腰を下ろすと、山田は茶を一息で飲み干し、父にまくしたてた。

「だからね、田辺さん。さっきの話の続きだけども、去年やっと北聯《ほくれん》の精製工場ができたろう。これからハッカはもっともっと伸びるよ。そうさね、外国へと輸出する計画だってある。アメリカだよ、アメリカにさ、北見で作ったハッカ油やハッカ脳の結晶がわんさか輸出されてくのさあ」

「してもなあ。にわかには信じられんよ。これからハッカがまだ伸びるっちゅうのは分かるけどもさ」

「伸びる。伸びに伸びるよ。いつか北見のハッカは世界を席巻するかもしれんよ。世界で一番になれる。だから、悪いこと言わんから、イモの畑もハッカ草にするといいよ。したら俺もまた沢山油買ってやれるしさあ」

渋い表情の父に、山田は熱意を込めて語り続けていた。

「世界一って。なんでそんな途方もないこと言えるのさ」

思わず、リツ子も口を挟んだ。自分達の住んでいるところが田舎なのは自分達が一番理解している。そんな所で作ったものが世界で一番になるだなんて、どうにも絵空事のように思えた。

女に半畳を入れられ、山田は機嫌を悪くするかと思いきや、リツ子ににいっと笑って見せた。

「そこさ、リツ子ちゃん。あんたも、あんたのお父ちゃんも、そこらへんの農家のおっさん達も、過小評価しているんだよ。いいかい、あんたらは自分とこのハッカ油しか知らんだろうけど、北見の油はね、あんた達が丹精込めて育てたハッカから搾る油はね、出来がいいんだ。一等いいんだ」

山田は握り拳を作り、どん、とちゃぶ台を叩いた。

「今は徳川のご時世なんかじゃない。海を越えた向こうと堂々商売する時代だよ。商売ってのは、刀使わないで渡り合うってことさ。ここの油なら、それができる」

リツ子は父に向かって熱弁を振るう山田の横顔を覗《のぞ》き見た。祖父の代から大事にしているイモ畑もハッカ草を育てるのに使えという主張は簡単に容れ《い》られるものではないが、彼の信念はどうやら嘘ではないように思えた。

その翌日、夕食が終わって繕いものをしているリツ子は母に呼ばれた。何だろうと応じて台所に行くと、母から布巾《ふきん》を被せられた膳を手渡された。

「これから、蒸留小屋の光男くんに夜食持ってってくれないかい」

「え、これから？」

もう遅い時間だった。火の番をしている者に周辺の農家が食事や茶を持って行くのは珍しいことではないが、こんな時間に行けと言われるのは珍しい。

「ひとりで？」

「あんたひとりで。頼んだよ」

「うん……」

リツ子はそれ以上質問することなく、膳とランプを受け取った。

空には満月が昇っている。蒸留小屋までの歩き慣れた道は十分な月明りに照らされて、ランプを灯《とも》す必要もない。歩む足を止めたい気持ちと、食事が温かいうちに持って行かなければ、という思いの間で、足がうまく動いてくれない。気を抜くとどうしても、のろのろとした足取りになる。

母の言葉には、含むところがあった。そこに意味を与えるのは自分なのか、光男なのか。ええい、ままよと賽《さい》を投げる気持ちで、リツ子は小屋へと大股で歩いた。

蒸留小屋からはランプと釜の火が明るく漏れ出ている。その光に照らされて、煙突から切れ目のない蒸気が天に上るのも見えた。戸口に立つと、昼間と同じように光男はいつものランニングシャツ姿でこちらに背を向け火の調整をしている。

「夜食。持ってけって言われたから」

声を掛けると、光男が驚いて振り向いた。「おう。ありがとな」と小さく礼を言ってから、光男は受け取った夜食を食べ始めた。

リツ子はどこか居た堪《たま》れなく、炉の脇に立って赤々と燃え続ける火を眺めていた。

「……帰らんの」

「食器。あとで取りにくるより、あんたが食べ終わるの待ってから持って帰った方がいいべさ」

「そうか」

食事を口に運ぶ音が早々に止まり、リツ子が目をやると、光男は食事を三分の一ほど残した状態で箸を置いた。

「棒ダラ煮つけたの、光男、好物だったしょや。食べないの」

光男は答えず、膳を脇に置く。立ち上がって、炉に近づいてきた。

「うちの母ちゃん煮たやつ、おいしいんだから……」

無言のまま、光男は火の具合ではなくリツ子の方を見ていた。炎が光男の頬と黒目を照らしている。ああ、火に虐《いじ》められた肌だ、と思った瞬間に、手首を取られた。

そのまま、乾燥したハッカ草の束が横たえられた山へと引っ張っていかれる。リツ子は驚きはしたし、身を強張らせもしたが、強く抵抗はしなかった。手荒く横たえられて首を噛まれ、初めて非難がましい声がせり上がる。それが光男の意思を殺《そ》ぐこともないのはすぐに分かった。

同時に、ああ、こういうものかと状況を存外冷静に受け止めている自分がいた。為《な》されるべきことが為されているのだ。皆が認めていることだ。そう思うと体が弛《ゆる》んで、男の汗ばんだ体の重みを受け入れていた。汗とハッカの香りが混ざった波の中で、それでも光男が時折、釜の火に目をやっては火加減に気を配っている様子が妙に可笑《おか》しかった。

程なくして、光男の両親が妙にかしこまって家へ挨拶に来た。農繁期にもかかわらず、示し合わせたようにリツ子の両親も家にいて待ち受けていたあたり、やはり蒸留小屋での一件も含めて、大人達の意向があったのだろうと確信した。

光男も緊張しながら引く様子は一切なく、こちらも考えを固めているのだろう。それがどこまでが家の意向なのか、どこからが光男自身の意思なのか、経験があるわけでもないリツ子には確かめようがなかった。

とはいえリツ子は別段それが不快なわけでもない。遠方に出向く機会のない自分は自力で嫁ぎ先を探せるでもないし、なにより光男に不満はない。粛々と目の前で起こることを受け入れ、疑問を持たない自分は、もう子どもに分類してもらえないのだとぼんやり思った。

そうして翌年、リツ子は光男の家へと嫁いだ。どちらも裕福である訳でなし、ささやかな祝宴が設けられただけだったにもかかわらず、山田から祝いだと届いた酒樽《さかだる》が場に不釣り合いなほど大きくて、親戚皆で後々まで笑いと共に語り草となった。

嫁いで次の年にはリツ子は赤ん坊を出産した。一郎《いちろう》という。光男によく似た、骨が太い男児だった。その三年後には長女が。実家と同じに懸命に働かなくては食っていけない小規模農家に変わりはないが、それなりに幸せな暮らしといえた。

この頃、北見地方のハッカ草作付面積は二万ヘクタールを超え、それに応じて、取卸油やハッカ脳の生産量も高水準で推移した。いつしか山田が予言していた通りに北聯北見工場で精製されたハッカ製品は、世界で一番に躍り出ていた。

実に、世界市場の約七割のハッカ精製品を、ここ北見から送りだしている計算だった。リツ子達ハッカ農家がこれをどれだけ誇りに思ったか分からない。実際、生活は楽になり、このハッカ草から精製された製品がいずれ世界へと届くと思えば、同じ作業でも張りが出る。皆、懸命に働いた。誰もが明るい表情をしていた。

一方で、楽になった生活はある種の弛みも生んでいた。リツ子の実家も含め、皆が皆、ハッカを作り、昔は当然自分達で作っていたカボチャやイモまで全て金を出して買うようになった。金回りのいい者は農業機械も買える。遊ぶ余裕も出る。

光男も最近ではよく街へと呑みに出かけたりする。どうやら青年部の者同士で誘い合って息抜きに行っているらしかった。一昨日も、悩みごとのある若いのに付き合ったのだと言って朝に帰宅していた。

そんな折に、リツ子が子ども達の手を引いて畑を歩いていると、近所の老女に呼び止められた。

「リッちゃんはよく働くねえ。お蔭で旦那もゆっくりしてれるんでないのかい」

最初はよくある会話だと思って聞いていた。しかし、老女がどこか意地悪そうに放った一言で、リツ子の体は凍りついた。

「光男ちゃん、仲買の山田と最近仲いいんだってねえ。駅前の豪華な建物から一緒に出てきたのを見たという人がいるよ。真面目だものねえ。艶のある遊び方の一つも教えて貰ってるのかねえ」

ハッカの好景気で栄えた野付牛《のっけうし》の駅前には、いつしか豪華な構えの料亭や宿が軒を増やしていた。夜にはその建物の間を見るからに煌《きら》びやかな着物を纏った芸者が闊歩《かっぽ》し、二階の窓からは気怠《けだる》そうな女が見え隠れもする。人と金が集まり栄えた街の、独特な発酵臭を北見もまた放つようになっていた。

地元からではなく、全道各地や東北から吸い寄せられて来た女達。山田はそういった娘の一人を身請けし、妻にした上で、今も足繁《あししげ》く女達と遊ぶという。目を惹《ひ》く着物を身に纏って紅を引いたその美しさや、彼女らの物憂げな表情すら、リツ子の目には自分とかけ離れた艶姿《あですがた》に映る。日に焼け、土の泥が爪の間まで詰まってとれない自分の無骨な手と違い、力仕事など知らないあの白い手を握り、光男はどんな感想を抱いたのだろうか。

纏まらない想像を繰り返しては、泥の色をした自分の手と男達の所業とをリツ子は呪った。

山田に訊いても、光男本人を問い質《ただ》したとしても、はぐらかされて終わりだろう。せめて、とリツ子は義母にそれとなく匂わせてみるつもりでいた。

光男と義父が作業で屋外におり、女二人だけで台所の作業をしている時を見て、リツ子は手を止め義母に向き直った。

「義母《かあ》さん」

緊張した呼びかけにネギを刻む義母の手が止まる。怪訝《けげん》な視線にも臆さずに、リツ子は続けた。

「あのひと、この間、若いのと街で呑み明かしてきたと言っていたでしょう。あの日の朝、駅前の楼から出てきたのを見たって人が……」

「リッちゃん」

ぴしゃりと硬い声が遮った。優しい姑《しゅうとめ》の、普段は光を眩《まぶ》しがるように細められている両目が、剣呑《けんのん》にリツ子を見据えていた。

「そだらこと、いちいち気にしとったらやっとられんよ。腹塩梅悪いように思うかもしれねえけど、そういうもんなんだわ。他所《よそ》んとこに入れ込みすぎて身代潰しそうてんだらあれだけども、そうでないんなら、気にすんでない。その方があんたのためさ」

そう言って、義母は再びネギを刻み始めた。包丁の音が前よりあからさまに大きく響く。反論を封じたその様子に、リツ子は小さく頷くしかなかった。義母の断固とした反応に、もしかしたらこの人はリツ子とは違う経緯で光男の不義を知っていたのかもしれない、と疑った。

それから、この件に関して家の中で口を開くことは憚《はばか》られた。しかしリツ子の腹の中は納得できる筈もない。考えないようにしよう、そう思っても蟠《わだかま》りは浮かんできて、いちいち神経に引っ掛かり煩《うるさ》い。


誰にも相談できないまま、数日後、リツ子は畑仕事に忙しい光男をおいて実家へと向かった。祖父の七回忌なのだった。婚家とは近隣であっても、そうしょっちゅう帰る訳にもいかない。法事という機会を得て、リツ子は足早に住み慣れた家へと帰りついた。

「母ちゃん。姉ちゃん。あんねえ……」

リツ子は台所で支度をしている際、思い切って口火を切った。せめて、身内の女達には自分の気持ちを少しでいい、肯定してもらいたいという気持ちがあった。

「そりゃまあ、しょうがないわ。山田さんと一緒なんだったら、付き合いっていうのもあるだろうし」

「外で囲うってんでないのだら、たまたま一度そうなっただけのこと、あんまり考え過ぎない方がいいっしょ」

こともなげに母と姉は言い放った。リツ子はその冷徹さに初めて、自分達が家の思惑のもと成立した夫婦なのだと思い知った。同時に、家やら家族やらと今まで自分の支えだったあれこれに対し、腹の底から嫌悪を感じた。納得などできるはずもない。

「だって、そんなの……」

なおも零すリツ子に対し、母は手を止めぬまま、深い息を吐いた。

「じゃあ、別れたとして、あんた行くとこあるのかい。子ども置いて、村から離れて、どこ行けるっていうのさ」

視線を合わせずに放たれた一言に、リツ子の心はひやりと寒気を感じた。母は実家に戻るという選択肢を許していない。そして自分が婚家も実家も捨ててどこかに行く、その選択肢はさらに現実味がない。言われてみれば、女達が諭すその通りでしかないのだ。ハッカで潤い、ハッカで生きてきたこの村の女は、飢えることなく生活できた代わりに、道を外すことも知らない。口を挟めずにいるリツ子に、母は続けた。

「辛抱だ。リツ子、辛抱。女にゃ結局、それが一番強みだ……」

幾分、柔らかみの混ざったその声に、リツ子はただ頷くしかできなかった。母も、もしかしたら義母も、かつて自分と同じような思いを味わい、そして辛抱をしてやり過ごした経験があるのかもしれない。そんな考えがよぎったが、リツ子は口に出さなかった。腹が治まるわけでもないが、ただくるくると器用に動く母の手元を眺め、少しでもその動きを目で追うように自分に強いた。慣れるまい。怒りだけはなんとか呑み込んだとしても、この悔しさにはせめて、決して、慣れるまい。せめてもの意地だけを腹に溜め、唇をきつく噛みしめた。

やがて、北見にも戦争の波は訪れ、働き盛りで身体申し分ない光男は地域で真っ先に兵隊にとられることとなった。日米開戦直後とあって周囲では出征を大いに祝う雰囲気が強く、光男が郷《さと》を出るというその日も駅では集落を挙げた盛大な見送りが為された。

「行って参ります」

軍服に身を包み、丸刈りにし髭《ひげ》を剃《そ》った光男は凛《りん》として、普段とは別人にも思えた。義父母や知人らは男ぶりが上がって立派だと讃《たた》えたが、リツ子は普段との違いばかりが目について、うまく直視することができない。いざ光男が汽車に乗ろうとして慣れない敬礼を皆に構えてようやく、リツ子は夫を直視できた。

「お国のために頑張って来て下さい」

結局、つまらない言葉しか見つからなかった。光男は大きく頷き、

「粉骨砕身の覚悟で行って参ります。後のこと、頼むな。畑も、子どもも、親父達のことも」

「はい」

リツ子は頷くと、それきり歯を食いしばる。言いたい言葉はもっと沢山あった。問い

質すべきこともあった。それら全てを呑み込んで、リツ子は微笑むことも泣くこともできぬまま、汽車に乗りこむ夫の背中を見送っていた。

それでも泣きそうになっている息子と娘の手を引き、駅の出口へとのろのろ歩く頭の片隅ではもう、午後からの仕事の段取りを考え始めていた。ああ、こんな時にもあたしはなにもかも不細工だ。泣き伏して子さえ顧みず、ここで一夜過ごしたなら、どれだけ可愛げがあったことだろう。リツ子は繰り返し繰り返し、自分のいびつな強さを呪った。ぐずる子ども達がしっかりと握る掌の力強さが、いまは重石のように思えた。

駅前の通りを歩いていると、街の様子はかつてと様変わりしていた。贅を尽くした設《しつら》えの楼閣は窓も入り口もぴしゃりと閉められ、静まり返っている。入り口の豪華な意匠の欄間だけが見えてどこか滑稽だ。

かつて昼日中から白粉《おしろい》を厚く塗った女達が愛想よく男達の腕をとっていた頃が嘘のようだ。あるいはあんな煌びやかな景色は本来田舎らしからぬもので、今のこの静寂こそが北見の地には似つかわしいということか。リツ子はハッカによって流れ込んだ金の威力を思った。

楼閣が多く建つあたりから、一人の女が歩いてきた。華奢《きやしや》な体を地味な着物で包み、風呂敷包みを背にしている。それほど大きな荷物でもないのに上半身は前にのめり、化粧気のない顔の表情までは見て取れない。よく見ると右の下駄を引きずるように歩いている。駅に向かっているようだ。

リツ子は寂しく歩を進める女とすれ違った。自分のように、汗とハッカと肥料の臭いはしない。かといって白粉の匂いも練香《ねりこう》の気配もない。なのに、自分とこの女は結局同じだ、と強く思った。流され、翻弄され、痛みばかりを腹に溜めて歩くという選択肢しか残されていない。

「ねえ。かえろうよ。つかれた」

「じいちゃんばあちゃんもう先に行っちゃったよう。早くう」

いつのまにか足取りが遅くなっていたリツ子の両腕を、子ども達が引っ張る。

「うん。帰ろうね」

リツ子は小さな掌を握り返した。手が塞がっているために、滲んだ目元を肩にこすりつけて無理矢理拭う。

帰ろう。生きよう。

どこの誰か分かんないけど、あんたも生きな。

声に出さず、振り返ることもなく、リツ子は去っていく女を想《おも》いながら歩に力を込めた。

華々しい勝利ですぐに終結するであろうとさんざ喧伝《けんでん》されていた戦争は長引き、リツ子がしばしのことと信じていた夫の留守は、一年二年と積み重なっていった。近隣の農家も男手が次々と兵隊にとられ、畑で作業をしている人影は女ばかりになっていく。やがて、食料増産の動きが高まり、北見でもハッカからイモなどの食用作物に転換せよという達しが広まった。

もともと、ハッカの栽培自体は女だけでも行える作業量ではあったが、肝心の取卸油を採取するには男手なしでの蒸留は難しい。加えて、戦中の禁輸措置のあおりをまともに食らって、ハッカ油やハッカ脳自体を輸出できなくなっていた。

ハッカ草が生い茂る緑の畑は次々と他の作物へととって代わられ、それはリツ子の家もまた同じだった。義父母はまだ健在だし、成長しつつある子ども達二人も幼いながらに農作業を手伝ってくれる。懸命に働かなければならないことに変わりはないが、リツ子達家族は光男がいない家庭をなんとか切り盛りしていた。

そうして光男の出征から四年目を迎えた夏。この内陸特有の痛めつけられるような陽射しの中を、リツ子は家に向かって歩いていた。途中、イモ畑の隅で小さく芽吹く葉が目につく。リツ子はしゃがんでその草を指で摘み取る。かつて見慣れた、そして今はほとんど価値がないハッカ草の芽だった。転作をした際に取り切れなかった根から、なおも生きて芽が出てきたのだ。

「採っても採っても、出てくるねえ……」

ひとつ呟いて、鮮やかな薄緑の葉を口に入れる。ざらざらした舌触りを我慢して咀《そ》嚼《しゃく》すると、苦みのほとんどない味の後ですうっと冷たい空気が鼻から抜けた。味として美味いものではない。腹が膨れる訳でもない。それでも、鼻と喉の奥を洗われたような爽やかさに、リツ子はそのまま幾度か深呼吸をした。

最後に大きく息を吐くと、リツ子は再び周辺に生えているハッカの芽を丁寧に摘み取り始めた。ここはもう、イモ畑なのだ。家族と国民の腹を満たし、明日を生きるための糧となる作物が主だ。ハッカはもう必要とされていない。真っ黒に土の染みた爪で芽をかき取るたびに一滴、また一滴と、汗が顎から滴り落ちる。きりがなかった。

新芽が両掌いっぱいになると、リツ子はそれを握り締めたまま立ち上がった。すぐ傍にはかつて慣れ親しんだ、そして光男と初めて情を交わした蒸留小屋がある。ふらふらと近づくと、小屋の中は暗く静まり返っていた。周辺の畑をハッカ草が埋めていた頃、この時期この小屋から釜の火と人の気配が消えたことはなかった。蒸留されるべきハッカがない今、小屋の中はハッカの代わりに松脂《まつやに》のきつい臭いに満ちている。蒸留された脂が出てくる管も、黒茶色のごってりした松脂で汚れていた。

「ハッカの代わりに松葉ば蒸留して、結局油としては使われないで、釜だけ駄目にして……馬鹿ったれ。ほんと、馬鹿ったれだ」

力なく、リツ子は鼻で笑った。戦争で海外との輸出入が止まった現在、日本が直面した喫緊の問題は石油不足だった。産業や生活に必要だった石油が使えない痛手は勿論のこと、戦闘機の燃料不足は戦力に直接影響を及ぼす。国は当然、代替燃料の試作に躍起になった。ハッカ油を飛行機燃料に使う案も試みられたが、粘度の不足と経費の問題から見送られた。

そして目をつけられたのが、松だった。北海道では、エゾマツが冬でも常緑の葉を茂らせている。豊富な松葉から、今は使われていないハッカの蒸留釜を使って松脂を取ろうと試みられた。しかし結局、臭いが強く、粘度が高すぎる松脂は燃料としては不適という結論に至った。

結論を出すのは簡単だが、一度松を蒸留した釜はもう洗っても臭いがとれることはなく、ハッカ油用には使い物にならない。いつか戦争が終わったとしても、男達が帰ってきて再びこの釜を使おうとしても、もう二度とこの釜は使えない。リツ子は手の中にあるハッカ草の芽を、知らず強く握り締めていた。

「辛抱だ。もう少し、辛抱しないと……」

リツ子は自分に言い聞かせるように呟いた。口に出して言ったところで、この小屋にはもう他に誰も聞くものはいない。かつて、いつ意中の男に差し入れに行こうと話に華を咲かせていた娘達は皆、それぞれ泥と時間の垢に塗《まみ》れている。この釜で働いていた男達の多くも、黒く汚れて戦地で戦っていることだろう。リツ子は目を閉じ、松脂の臭いの中で、自分の記憶の奥にあるハッカの香りを辿《たど》っていた。

どれほど目を瞑《つむ》ってその場に立ちすくんでいたのか。リツ子は、背後で誰かが砂を踏む音を耳にして身構えた。

「おう。元気でいたかい。痩せたんでねえの」

山田だった。以前のような気取った洋装姿ではなく薄汚れた国民服だったが、軽薄さを装った口調は変わらない。光男と同じ年代なのに兵隊にとられていないのは、徴兵検査で内臓に病気が見つかったためだということだった。リツ子や地域の多くの者はそれを信じていない。派手な顔立ちの妻と別れ、広い屋敷に一人暮らしているそうだ。

「ハッカの釜、松の油に使おうって言ったの、あんたかい」

「俺でねえよ。お国からのお達しだ。俺はあくまで音頭とっただけだあ。蒸留釜の使い方分かるの、今じゃ俺しか残ってねえべし」

「同じようなもんでないの。こったら、釜、汚して……」

心底、蔑むべきものを見るような目でリツ子は黒く冷たい釜を見つめた。山田はまたのらりくらりと言い訳するだろうか。それとも彼自身を含めた境遇全てを笑い飛ばして見せるのだろうか。そう考えていた時、「おい」と声がした。リツ子が聞いたことのない、山田の低い声だった。

「使いもんにならない油とって、そのために釜ば駄目にして、しんどい思いしてんの、自分だけだと思ってんでねえぞ」

山田は睨んでいた。リツ子の方ではなく、使い物にならなくなった釜を、蒸すべきものがなくなったハッカ草置き場を。憎悪ではない。この男、悲しんでいるのか。そう思った時、山田は戸口へと歩き始めた。

「釜はまた新しく作る。作れる。ハッカもまた育てられる。戦争終わったら、また前みてえに、俺もお前らも……」

リツ子は口を挟めない。挟めないままで、ただ山田を見ていた。表情は逆光で読み取れない。

「そう思わねえで、どうしてやっていける……」

小さくなっていく背中から、呟きが聞こえた。リツ子は山田の姿が遠ざかるのを見ながら、ふと、なぜ彼がもう用もないはずの蒸留小屋にやってきたのだろうと思った。自分が屋内にいた時間の長さを考えると、入って行ったところを見られて後をつけられたとは考えづらい。他ならぬ自分が用を成さなくした釜を見ながら、何を考えるつもりだったのだろう。

リツ子は先ほどの山田の声を思い返しながら、午後の容赦ない陽射しにうなじを焼かれていた。追いかけて訊いてみたい衝動にも駆られた。しかしそれをすれば引き返す切っ掛けを失いそうで、立ち尽くしているうちに国民服の色をした姿は陽炎《かげろう》の向こうでぼやけて消えた。

それから程なくして、一通の便りがリツ子の家に届けられた。硬い文字が並ぶその封筒は、嫌な予感しか呼び起こさない。

先に封筒の中身を見た義父母が泣き崩れた。その姿を見て、リツ子は紙面を見ないまま外へと飛び出した。

何も考えず、生長してきたイモ畑のど真ん中へ歩いて行く。そうして、緑色の真ん中で空を仰いだ。

「……馬鹿ったれ！」

どこへともなく叫ぶリツ子の声に、隣の畑にいた夫婦や、またその隣の畑にいた老人までもが振り返る。

「馬鹿たれ、馬鹿たれっ！　なにもかも馬鹿ったれだ、こん畜生……！　なんでっ、帰ってこれないんだっ！」

身内の戦死を声高に嘆く危うさを、リツ子も心のどこかで理解はしていた。それでも、農家仲間達が何かを察して頭の手拭いを解き、リツ子の方へ頭《こうべ》を垂れる姿が目の端に見えた時、涙が堰《せき》を切ったように溢《あふ》れて流れた。

「人殺すより、殺されるより、ハッカ育てる方がまだ簡単でねえか……また育てて、油とって、そやって生きてりゃいいでないの……馬鹿ったれ……」

しゃがみ込み、土を叩いてリツ子は泣いた。その姿はすくすく伸びたイモの葉が隠してくれる。畑の中に、イモの葉が風に揺れるさらさらと乾いた音とリツ子の泣き声とが響き渡る。土とイモの葉が放つ青くさい匂いがした。

終戦を迎え、国産ハッカの生産は再び盛り上がりの機運を迎えた。戦時中は食用作物に塗り替えられた畑にはまた少しずつハッカが植えられ、休眠状態だった精製工場が操業を再開した。畑にも、一人二人と男達が帰ってくる。

リツ子の家も近所の復員を喜びながら、ただ黙々と作業を進め、イモに転作していた畑をまずは一枚、ハッカ草へと戻した。

また来年は新たにハッカを作れるのだ。晩秋、リツ子は久々にハッカの根を畑に埋めていた。一冬、雪の下で辛抱をしてから、春の温かい時期にはここから強い芽を出してくれるのだ。

リツ子は終戦の直前に、義父母を相次いで亡くしていた。義母がまず弱って倒れ、それを追うように義父もまた衰えていった。もともと二人とも丈夫な方ではなかったが、息子の戦死が余程こたえたらしかった。不謹慎ではあるが、共に蠟燭《ろうそく》の火を弱めていくような夫婦の逝き方を、リツ子は密かに羨ましく思う。

今では主な働き手は自分一人だ。頑張らねばと冷たい土に穴を掘り、ハッカの根の塊をスコップで丁寧に埋めていた。下を向いて懸命に働いていたので、自分のすぐ近くまで人が来たのに気づかなかった。

足音がすぐそばでしてようやく、リツ子は頭を上げた。目の前では山田が北聯の刺《し》繍《しゅう》が胸に施された作業着を着て立っていた。頭を下げ合い、二人はどこかぎこちなく挨拶を交わす。そのまま、畑の隅に並んで腰を下ろし、世間話に興じた。

「思ってたより元気そうでなによりだ。子ども達は？」

「お藤さんで二人とも元気よ。今は学校行ってる。山田さんは工場に勤めることになったんだって？」

「現場を指導する人員が足りなくてな。なんとか潜り込んだ」

「そう」

戦前と同じにハッカ産業を再興させようと思っても、畑も工場も現場はいずれも人手不足だ。生産者でも技術者でもなかったとはいえ、仲買人としてある意味一貫してハッカと関わって来た人間の経験は貴重なのだろうとリツ子は納得していた。

「なあ。一緒にならんか」

唐突に言われ、リツ子の思考が止まった。声音が冗談の気配を帯びていない。驚いていると、山田は真面目な顔でリツ子を見ていた。頰が少しだけ赤くなっている。

「子どもも、あれだら実家の父さん母さんも一緒に面倒見てやれる。どうさ」

真摯な提案だということはリツ子にも分かっている。前の妻と別れてから、浮いた話がないとも聞いていた。初めて見る山田の照れた顔は存外幼く、可愛らしいな、と妙なことを考えながら、リツ子は微笑んで首を横に振った。

「旦那、帰って来るの待つのか」

「いいや。戦死公報だったもの。残念だけど間違いはないと思う」

「義理立てか。俺だら勝てないいか」

「そんなんでない」

光男に操《みさお》を立てるのを否定したのか、山田には魅《ひ》かれないことを否定したのか、曖昧なまま、リツ子は続けた。

「あんたさ。うちの人ば、駅前の女郎屋に連れてってたことあったしょ」

図星だったようで、山田はあからさまにうろたえた。小さく息を呑み、言葉を探している。

「あれは。場の盛り上がりっちゅうか、そういうもんで。嫁さんのお前には悪いなとべつこは思ったけど……」

「別に今更、あんたを責めてるんでないよ」

山田の狼狽《ろうばい》のしようが可笑しくて、少し笑えてしまう。

「どんな状況だったたって言っても、あんたに勧められたとしても、結局道理破りをしたのはうちの旦那さ。あたしだって小娘であるまいし、ああいう所がどういう理屈で必要とされてたか、綺麗なべべ着た女どもが、好きで男らの相手してた訳でないのも分かってる」

言いながら、リツ子は駅前通りを寂しく歩いていた楼の女を思い出していた。もしかしたら自分が考えていたよりも若かったのかもしれない。あの子は今、どこで生きているだろう。

「でもね。あたしはね、だからこそあたしだけはね、道理破りを絶対したくないのさ。できないのさ。あの人がいなくても、何年経っても、絶対に、意地だけは曲げてなんかやんない」

今まで封じていた言葉を舌に乗せ始めると、あれほど渦を巻いていた自分の感情が整理されていく。どこか清々しくもあった。

「そんな意地張ったたって、自分が損するだけでないのか」

「折角ここまで、ハッカまた作れるまで、辛抱したのさ。損したって意地を通してこその辛抱だべさ……」

山田は腕を組んだまま、しばらく何かを考えているようだった。自分が小娘の頃ならいざ知らず、今は山田がどう考えようが言いなりになる義務はない。再婚をしてやる十分な理由もないのだ。

それでも、自分の言い分を山田にどうか理解して欲しいとリツ子は思っていた。この人に納得してもらえてようやく、自分の意地は虚勢や虚像ではなくなる。そんな気がしていた。

山田は、戦前へらりと笑って物事をけむに巻いていたやりかたそのままに、両手を上げてへらへら軽薄に笑ってみせてくれた。

「女の意地にだら、勝てねえなあ。損な意地も貫き通しゃ、いっそ勝ち組だ」

「うん。そうだ。そうだよ。負けなきゃ、勝ちなんだよ。あたしらは」

そうさな、と山田は肯定して頷く。

「しぶてえなあ」

「しぶてえよ。でないと生きていかれない」

リツ子も笑って見せた。から元気だ。それでも、虚勢であったとしても、貫き通さねば芽さえ出ないものもある。山田はへらりと笑って、芝居がかった所作でくるりとリツ子に背を向けた。「元気でな」という小さな声に、「あんたも」と明るく応じられた自分を誉《ほ》めてやりたかった。

肩を落とし、手だけこちらに振る背中が小さくなっていく。それがもう見えなくなるまで、リツ子は深く頭を下げ続けた。

再び戦前の勢いを取り戻すかと思われたハッカ栽培は、その後、思わぬところで暗礁に乗り上げた。製品を海外に輸出するにあたり、競争相手が育っていたのだ。かつて日本人がハッカの根を携えて移民として渡った国々、南米だった。

第二次世界大戦中の禁輸で、日本がハッカ製品を輸出できなかった間、今まで日本産を使っていた海外の業者は当然のことながら窮し、代替の生産国を探した。そして台頭したのが南米、特にブラジルだったのだ。日本人が持ち込んだハッカは、もともとは温かい地域での生産に向く植物だったうえ、規模と人件費に利のある南米各国によるハッカ生産は、戦中に急成長することとなった。そうして終戦後の今、本家の日本を遠く突き放していたのだった。

「皮肉なもんだよなあ」

今はすっかり成長し、後を継いだ長男の一郎が、見事に育ったハッカ草の畑を眺めながら眉根を寄せた。目元が似てきた、とリツ子は最近思う。間もなく、息子は戦地に行った夫の年齢を越すことに気づいた。

「ハッカ草栽培の本家本元はこっちだったってのに。すっかり追い越されちまった」

「しょうがないさね」

リツ子は深く被った作業用の麦藁帽を取り去った。夕刻の風は涼しく、日中の強い陽光に晒された草と人を慰撫《いぶ》していく。

「農家は金勘定だけが仕事でないんだから、目の前の仕事頑張るしかないんだよ。太平洋の向こうの人らだってきっと同じさ。勝ち負けはあっても、恨めるもんでない。合成のハッカだって今は増えちまってるんだしさ」

海外の競争相手の他に、戦後、合成のハッカが急速に増えていた。リツ子ら農家からしてみれば、ハッカ草からとれた訳でもないハッカ成分というのは胡散臭《うさんくさ》いことこの上ないが、品質が近ければコストが安い方が好まれるのは致し方のないことだった。

「いいもの作っても前みたいに価格も上がんないし、今はイモ以外にタマネギとかだって十分生産していけるし、もうハッカに拘《こだわ》る必要はないんだよ。しんどければ、やめることを考えてもいい」

リツ子は今にして分かる。自分が経営の軸となっていた時、ハッカでなんとしても子ども達を育て上げるのだという決意と信念があった。しかし息子に経営権を譲り渡してしまうと、自分のかつての拘りで新たな時代を漕《こ》いでいく者の目を曇らせたくはない。最近は孫が生まれ、リツ子もどうしても後々の世代のことを考えてしまう。

「でも俺はね」

一郎はきっぱりと言った。目はハッカ草の畑と、さらにその遠くを見据えたままだ。

「やっぱりね、親父がいた頃みたく、ハッカでみんなが盛り上がってたのが懐かしいんだよ。あの頃さ、家ごとの単位で取卸油を蒸留してたろう。ガキの間でさ、こっそり自分ちの油に新聞紙の切れっ端を浸して、みんなで小学校に持ち寄って比べるんだよ。どの家のが一番いい匂いかって」

「そんなことやってたのかい」

「親にばれたら一滴だって勿体ないって怒られるから内緒でな。でもやっぱりガキだから、折角持ち寄って比べても、どいつもこいつも自分の家の油が一番だって譲んねえの。でもさ、新聞紙についた油が冷えてくると白い結晶がついてくるだろ？　あの結晶が一番多くできてたのは、うちの油だったんだよ。俺、それが自慢だった」

結晶が多く発生するということはそれだけメントールの成分が多いということ。リツ子は実際に見た訳でもないのに、幼い息子が白い結晶を友達に自慢している図をありありと想像できた。

「そうさ。うちの取卸油はこの辺じゃ一番だった。何だかんだで山田さんも高く買ってくれてたしねえ」

あの頃を思い返しながら、リツ子はくすくすと笑った。

「だから、前とおんなじにハッカだけ、ってことは無理だろうけど、せめて生産はやめたくないよ。畑一枚でも、その半分でも、続けていきたい」

きっぱりとした息子の物言いに、リツ子はゆっくりと頷いた。頑固を通してきたのは自分も同じだ。これでは息子に意地を許さない訳にもいかない。

あの人が生きて帰ってきていたなら、どう言っていたことだろう。そんなことを、少し考えた。


「ねえお義母さん。こんなの作ってみたんだけど、どうでしょう」

「なんだい？　これ」

畑の一部で細々とハッカ草の栽培を続け、リツ子が畑の雑草を手で抜いている中、嫁の早苗《さなえ》がにこにこと走り寄ってきた。差し出されたボウルの中には、薄茶色のどろりとしたものが入っている。よく見ると、中には細かく切り刻んだハッカ草が混ぜ込まれていた。

「ミントジェリーっていって、ハッカに砂糖とか入れて煮詰めたものなの。味見お願いします。はい」

差し出されたスプーンに盛られたそれを恐る恐る舐めてみると、穏やかな甘みの奥でハッカの風味が鼻に抜ける。

「なんか、美味しくなくはないんだけど、中途半端な甘さかもね。おやつとしてはもっと甘くしてもいいかもしれない」

リツ子が戸惑っていると、早苗はあははと快活に笑った。

「おやつ用じゃないんですよ。イギリスとかの料理で、ラム肉のローストにこれをつけて食べるんですって。今度、ジンギスカン用の肉買う時に、タレ漬けじゃないチルドのお肉買ってきて、試してみようかと思って」

「肉にこの甘いのかけて食べるのかい？　あっちの食べモンは分かんないねえ」

「伝統のもので、向こうの人にはそれが美味しいそうですよ。まだ私もお肉と一緒に試してないので分からないですけど、もし美味しければ、なかなか日本では流通してない商品みたいだから、チャンスかも」

「チャンス？」

「折角ハッカがとれるんだから、色々試してみて、売れるような製品作れたらめっけもんじゃないですか」

「へえ」

活き活きとした表情で話す早苗に、リツ子は感心した。札幌の会社員を嫁に迎えたいと息子が言いだした時は内心どうなることかと思ったものだった。実際、嫁いできた当初は慣れない農作業に相当苦労したようだが、徐々に力強くなって度胸が据わり、産業のこれからについて出来ることを自分で探そうとしている。

「うん。婆《ばば》にはジュリーやらジェリーやらよく分かんねえけど、頑張んなさい」

「はい！」

屈託なく笑う若い嫁の表情に陰りはない。一郎との仲も良いし、子育てをしながら婦人会も頑張っているようだ。

嫁達にとって、自分達より少しでもいい時代にしてやれただろうか。早苗に言わせればもしかしたら言い分もそれなりにあるかもしれないが、義母の立場としてはまあまあ役割は果たせたと言っても良いのではないか。リツ子は小さくなったハッカ草の畑を眺めながら、少しだけ自分に甘い評価を許した。

ハッカ草生産に厳しい時代が来るであろうことは誰もが予想していた。しかし考えられていたよりも早く、合成ハッカのシェアは天然を圧倒したばかりか、石油から合成されるさらに安価な合成ハッカも出回り、ますます天然物に生き残る術《すべ》はなくなった。

しかし世の流れは分からないもので、石油からの合成ハッカが主流となったその頃に、日本中に大激震が走った。石油ショックだった。

当然、供給が極端に少なくなった石油由来の合成ハッカの代わりに、天然ハッカの買い取り価格はうなぎ上りとなった。一郎と早苗は、「やっと胸張ってハッカ草を高く売れる時代が来た」と喜び合ったが、リツ子の表情は暗かった。

「潮時かねえ」

新聞を捲《めく》りながら、リツ子は呟いた。最近では文字一つ追うのにも老眼鏡が手放せないが、その分じっくりと記事を読むようになった。

「一郎。ハッカ、続けていいもんでない。これで一気にまた下落して、経営圧迫したら、元も子もないよ。ここいらが潮時なんでないのかい」

茶の間でニュースを眺めていた一郎は、リツ子の方に身を乗り出して首を振った。

「何言うのさ母ちゃん。折角さあ、石油ショックで天然ハッカの価格も地位もこれから上がるってとこだし」

ふう、とリツ子は首を振り、手元の新聞を息子に見せる。紙面には、有識者の長期展望が載っていた。

「一時的なことだよ、たぶん。新聞隅から隅までちゃーんと見てれば分かるべさ。戦争中じゃあるまいし、このまま永遠に石油が入って来ないなんてこと絶対にない。今、一時的に卸値が高くなるからって調子こいて畑広げてごらん。石油ショックがもとに戻っても、すぐになんて他の作物ば育てるっちゅう訳にいかないべさ」

うっと口ごもる一郎に、リツ子は口調を柔らかくして諭した。

「母ちゃんもね、色んなことに翻弄されるのが馬鹿らしくて、意地を張ってたところはあるよ。それは間違いだったわけでもない。でもさ、今のさ、戦争でもないってのにあたしら農家を襲う波はでかすぎるのさ。意地でどうこうできる範囲ば超えている。だから息子や孫の代にそんな身代潰しかねないようなこと、やって欲しくないんだ」

一郎は下を向いて頷いた。意地を通してきてはいたが、それだけでは立ち行かないことを自身が一番よく認識していたことだろう。

いま再び、リツ子の中で昔祖父が呟いていた言葉が蘇る。ハッカ草それ自体は腹をいっぱいにしてくれる訳ではない。穀類や野菜のほうが人様の空腹まで満たしてやれる分、意義のあることかもしれない。しかしそれでも、両親達や、夫と共に育んだあの緑の絨毯《じゅうたん》は、自分達に誇りと強《したた》かさを与えてくれた。

ひとつの、自分の世代の前から続いてきた物事の幕を引く。それは望んだ形なんかではない。それでも、無駄でなかったことは幸せなのだと思えた。

もう一度ゆっくりと一郎が頷き、ハッカ生産の区切りを決意したのを見届けて、リツ子は続けた。

「大丈夫。庭にでも植えておけばいい。全く無くするわけでない。早苗が作業する分ぐらいはちゃんと残すさ」

嫁の早苗が試作したミントジェリーは自治体を通じて試験販売したところ、主に首都圏で評判を呼び、製品化された。製造量こそ多くはなく、町営の食品加工場を通じて作る程度だが、早苗やかつてハッカを作り引退した女性達の生活の張りとなっているようだ。リツ子も時折乞われて手伝いに行くが、若い女性達の熱意には圧倒される。

昔、自分達の作ったハッカが世界市場の中核を成し、巨万の富で町を賑やかに染め上げた頃とは比べるべくもない。しかし、形を変えてなお細々とハッカを世に送り出し続ける者達の熱意に、リツ子は目も眩《くら》みそうになる。……十分やった。私らは十分よくやった。上出来でないか。

失った夫や、関わった人々の顔を思い出しながら、この緑の草に関わり続けた自分と家族の年月を思い返した。そしてそれは、ハッカ生産が盛り上がった最後の時期に少年期を過ごした息子にとっても、大事な思い出だったろう。

下を向いたまま表情の読み取れない一郎が、ぼそりと呟いた。

「母ちゃん。俺、ハッカ育てんの、好きだったよ」

経営者の声ではない。自分の息子の声だった。だからリツ子は自分も母として、そしていち生産者として、けじめの言葉を口にした。

「あたしも、好きだったよ。がむしゃらだったし、辛いこともあったけど、嫌いになんてなった事なかった」

その後、かろうじて残していたハッカ畑は拡張したタマネギ畑へと姿を変えた。晩夏の、ゆるやかに山際に沈んでいく太陽が全てを橙《だいだい》色に染め上げる。台所からは嫁が煮炊きをする匂いが漂ってきた。自分と違い洋食を多く作る彼女の料理はリツ子には見慣れないものが多いが、味は悪くない。

リツ子は庭の片隅に穴を掘っていた。土を掘る自分の手はもう皺と筋ばかりが目立ち、こうしてシャベルを握ると節々がしょっちゅう痛む。酷使しなかったことのない手を休め休め、リツ子はゆっくりと土を掘り、ハッカの根の塊を横たえた。見た目はただの根だ。もう死んでいるようにも見える。埋葬のようだ、とも一瞬考える。しかし春になれば確実に緑の芽を出し、小さな庭でも香りを伴って緑に染めていくだろう。

「全く無くなるわけでない。形を変えて、また生きられる」

その後、北見のハッカ草はホクレンの精製工場の閉鎖と共に事実上の大規模生産を終える。以後、土産物や郷土菓子の原料として細々と小規模のハッカ草生産が続けられ、ハッカ製品は地元の名産品として親しまれ現在に至る。

その香りは今も人々の生活に寄り添い、今なお強くハッカの記憶を現代へと繋ぎ続けている。

南北海鳥異聞

濃い青の空の下、地を白い塊が埋め尽くしている。鳥の死骸だ。全てアホウドリという巨大な海鳥だった。みな体のそこかしこを殴られ、あるものは翼を折られ、あるものは胸骨を割られて岩ばかりの海岸線にぼとぼとと落ちていた。

弥平《やへい》はそのうち、かろうじてまだ動いている一羽に近づくと、その頭めがけて棒を振りおろした。そう強くない力だったにもかかわらず、鳥の骨は簡単に砕け、大きな体と羽を歪《ゆが》めたまま動かなくなった。

少し力が余ったのか、首の部分から骨が突き出して皮を貫き、血が白い胸の羽毛を汚している。それを見咎《みとが》めたのか、弥平の背後から「おいこらぁ」と野太い声がかかった。

「弥平。お前、血ぃ出させるな。力入れて殴りすぎだ」

「何でだ。血が出ても出なくても、鳥殺すのは一緒だべ」

「あほが。鳥の羽とるのに殴ってるんだから、その羽がきれいでないと値が下がる。力加減、気ぃつけれ」

「悪かった。次は気をつける」

弥平が短く詫びると、相棒である泰介《たいすけ》はぶつぶつ言いながらも、まだ温かい死骸を次々と布の袋に集めている。これから死んだ鳥全てを島の集積所に持っていき、羽雀《はねむし》りを担当する労働者に渡すのだ。柔らかい胸の羽毛など、良いところばかりを集めて、定期的に島を訪れる親方へと渡す。その先に羽がどうなるのか弥平は具体的には知らないが、どうも、西洋に高く売りつけるのだという話を聞いたことがある。羽毛が遠い異国でどんな値段になっているのか想像もつかない。それでも明治も二十年を越えたこの年、働き盛りの三十男である弥平に支払われる対価はかなりのものだった。

弥平は今日はもうこうして二百五十羽ほども殴り殺した。南洋特有の高い太陽が沈むまでにはあと数時間あるから、まだまだ仕事はできそうだった。

「夜までに三百はいけるな」

ざっと成果を予想して、弥平は笑った。その拍子にぬるい汗がこめかみを流れ落ちる。単純な作業だったはずだが、全身に汗をかいていた。十月だというのに海から吹く風は生温かく、汗を余計に粘っこくさせていく。おまけにこの島では、風が煽《あお》る臭いがひどい。鳥類特有の体臭に加えて、周囲の岩を真っ白に染める鳥の糞の臭いだ。乾いて細かな粒が空気に濃く混じっているようで、鼻の奥まで汚れていくようだ。

不快な島だ。好きでねえ。弥平はそう断言できたが、一方でこの仕事は気に入っていた。目に付く限りの鳥を殴り殺していい。弥平は純粋にこれを楽しんだ。

地面にこれだけ仲間の死骸が転がっているというのに、また新たなアホウドリが空から降りてきた。丸い胴体をやたらと長い翼で支えているため、減速するといかにもよたよたと飛んでいるように見える。棒を持って立っている弥平のことを全く恐れず、すぐ傍の地面へと降り立った。

弥平はさっと近づき、ふらふら不格好に地面を歩いているアホウドリに棒を振りおろした。今度は前よりかなり力を抜いたが、それでも簡単に翼の根元がへし折れ、動けなくなる。それから羽毛の少ない頭部を狙って、さらに二発目を与える。鳥はギョッと気の抜けた鳴き声を上げ、そのまま動かなくなった。泰介がすぐに傍に寄り、死にたての鳥を新たな袋へと投げ込む。

「しっかし、弥平、お前は全く躊躇《ちゅうちょ》しねえなあ」

「別に、何てことねえ。たかが鳥でないか」

「肝の太《ふて》ぇことだ。俺ぁやっぱり、殺生はご免だ。労賃がかなり低くても、死んだ鳥集める仕事の方がまだやりやすい」

鳥の死骸をせこせこ集めながら、殺生はご免だも何もあるまいに。弥平はそう思ったが、蒸し返さずに自分の仕事に向き直った。それに、泰介の言うことも分からなくはない。弥平とは同郷で、同じように子どもの頃から「食うに必要な分以上に生き物を殺すものではない」と村の坊主に言い聞かされてきたのだ。

もっとも、泰介と違って自分は殺生を全く気にはしないのだが。そう思いながら、弥平は一羽、また一羽とアホウドリを殴り続けた。

弥平と泰介は東北の山奥にある寒村の生まれだ。いずれも家は小さな農家で、弥平は上に三人も兄がいる末っ子のせいか、親にも周囲からも温かく目をかけられることはほとんどなかった。しかも、弥平は右の脚が左と比べて拳ひとつぶん短い。子どもの頃に負った怪我《けが》が原因だった。

両親と兄達は農家を継がせる予定がないうえ、体に不安を持った四男坊をあからさまに低く扱っていた。特に、将来の自分の食い扶持《ぶち》を心配した兄達は、ことあるごとに弥平に辛く当たった。

幼い頃は弥平もこれにいじけたが、やがて生来のきかん気からか、兄達の悪意にも慣れて反発を強めた。いつも体を斜めに傾げながら周囲の子ども達とも喧嘩《けんか》を重ね、いつしか村では兄達をしのいで一番力が強い男子になった。

弥平の集落は寺を中心に信心深く、親も含めた大人は気の強い弥平を持て余し、ことあるごとに「お前の右脚が短くなったのも、きっと前世で悪いことをした因果だ」と嘯いた。

関係ねえべ。まだ幼い弥平はそう思った。俺の脚が短《みじけ》えのは、やっと兄貴達を追いかけられるようになったころ、畦《あぜ》の幅を見誤ったからだ。俺だけのせいだ。そう胸を張り続け、周囲に対する反抗を弱めようとは考えもしなかった。

弥平が大人になってからも度々思い出す記憶がある。彼が十《とお》になるかならないかの頃のことだ。弥平は寺近くを流れる川に入って網で川海老《かわえび》を獲っていた。特に美味なものではないものの、石の上で焼いて食えば家で出される飯の少なさを補える。寺近くの川に入るのは罰当たりとされているが、弥平は気にも留めなかった。むしろ誰も入らないお蔭で、大きなものから小さなものまで面白いように獲れる。祟《たた》りだなんだと恐れて他の子がついてこないのも幸いだった。普段から一人でいることを好んでいた。

「楽しいかね、弥平」

ふいに、弥平を呼ぶ声がした。弥平がどきりとして振り返ると、堤の上から寺の老住職がこちらを見下ろしている。声の張りは若々しいが、顔じゅうを走る深い皺はいかにも年寄りのもので、皺のせいで表情が読めないため弥平は住職を苦手としていた。

「この川でなにか獲るのは構わんが、獲りすぎてはいけないよ」

「獲りすぎるっていっても、俺、大きなのも小さなのも、捕まえられるもん、目に入ったもんは全部かっさらっちまいたくなる」

「余計な殺生をしてはいけないよ」

「余計な分の川海老ってどんだけだ」

「お前が食べるに丁度いい分より余ったものだよ。必要な分以上の殺生は、それはとても不浄だ」

「必要な分より多くても獲るのは楽しいし、余ったらなんぼでも人にやればいい」

住職は表情を変えないまま深い溜息をつくと、弥平に向かって静かに手招きした。

「ちょっとこっちに来てみなさい」

怒っているふうでもないのを読み取り、弥平はしぶしぶ川から上がった。住職は先をすたすたと歩いて本堂に入っていく。慌てて泥まみれの足を手ぬぐいで拭いて、弥平も裸足《はだし》でそれに続いた。

弥平は本堂の裏手にある部屋へと導かれた。窓がなくて暗く、狭い部屋だ。住職が蠟燭を灯して中を照らすと、壁際に赤い絵屏風《えびょうぶ》が置かれていた。

「地獄絵図という」

絵のそこかしこには燃え盛る炎が描かれている。それだけで十分、全体の印象が血《ち》腥《なまぐさ》いというのに、細部には血に塗れた人間の姿が多数見られた。いずれも骨と皮ばかりに痩せ衰え腹だけが妊婦のように突き出ている。それらが一体の例外もなく、奇怪な形相をした鬼に茹でられたり内臓を抜かれたりという責め苦を受けていた。

「生きているうちに悪いことを重ね、不浄の身となった者はな、死後こういう地獄に連れて行かれ、鬼どもに痛めつけられるのだ。逆に、仏様の御心《みこころ》に添って徳を積んだ果てに浄《きよ》い身となって成仏すれば、必ず浄土へと行きつけるであろうさ」

住職は厳かに語った。しかし、弥平はおどろおどろしい絵をぽかんとした表情で見つめている。

「この地獄絵が怖くはないのか」

「あんまり」

ただ珍しいものを前にした表情で、弥平はこともなげに言った。

「弥平。むやみやたらに殺生をすると、いつかこの絵に描かれているような目に遭うんだよ」

「はあ、そうなのか」

「信じていないのか」

弥平は眉間に皺を寄せると、少しだけ考えてから口を開いた。

「死んだ後にこうやって辛い責め苦を受けるのは、生きていることより辛いのか？　生きてるのと同じぐらいの辛さなんだったら、俺ぁ別に今すぐ死んでこの地獄とかいうとこに行っても構わね」

「何故そんなことを」

「生きててもどうやったって苦しいもの。たぶん、地獄と大した違いなんてねえもの。

俺が死んだって何したって、家のモンは別に構わねえんだと思うし」

　住職はあからさまに溜息をつくと、小さく首を振り、弥平に背を向け去っていった。狭い集落ゆえ、住職が各々の家庭について把握していることを弥平も知っている。諭す言葉を重ねられないのなら、たとえ坊さんだって俺の生き方を否定できない。弥平は光源がなくなって黒々と部屋の奥に立つ地獄図を睨んだ。

「大した違いがあるものかよ。生きてるのも、死んでるのも。綺麗なもんも汚いもんも皆同じだ。なら何やったって別にいいべ」

　弥平は十五の年に村から出た。誰も彼を惜しまなかったが、奇妙なことに幼馴染の泰介だけがくっついて来た。自分も次男坊で貰う畑がないというのと、喧嘩で常に自分に勝っていた弥平の傍なら面倒事が少なくなりそうだというのが理由だった。弥平は呆れながらも、子分格の同行を許した。

　二人は右も左も分からぬ東京に出て、あちこち働いてはまた流れるという生活を繰り返した。やがて、人づてに『南の島に行って海鳥の羽を採取する仕事があり、賃金がいいという広告が新聞に出ている』と聞いて、儲け話に飛びついた。弥平は右足が短くても大抵の仕事は持ち前の力の強さでなんとかできたが、羽を毟るだけで高給が望めるとあらば、やってみない手はなかった。

弥平と泰介は横浜港から存外大きな船に乗せられ、他の労働者達と共に南の島へと旅立った。船の中で幾夜も過ごし、ようやく到着したのは〝鳥島《とりしま》〟と呼ばれる島だった。その名の通り、島のあちこちでアホウドリが巣を作って生息している。人間は住んでいなかった。仕事場である海岸線は岩ばかりでごつごつとし、働く環境も決して良好とはいえなかったが、弥平は言われるままに鳥を撲殺し、羽を毟った。命を奪っているという感覚はない。むしろ、子どもの頃にあの川で川海老を根こそぎ浚《さら》った頃のことを思い出して、心愉《たの》しくさえ感じた。

島に送りこまれた労働者は弥平のような頑丈な男達五十名ほどで、彼らが必要とする食料はたっぷりと用意されていた。安いものではあるが酒もあった。本土ではまず食べられなかった白米が常食できるという、それだけで弥平にはありがたいし仕事への意欲も湧く。住処こそ掘立小屋で強風や高波の飛沫《しぶき》さえ防げないのには閉口したが、それ以外には特に不満もなかった。

飯は一緒に上陸した老婆が担当していた。羽を毟ったあとのアホウドリの肉は大鍋で煮て油や〆《しめ》カスにと加工されたが、食料として勝手に食って構わないというので、弥平らも物珍しさから焼いて食ってみた。泰介は臭い肉だとすぐにそっぽを向いたが、弥平の口には合った。火で炙《あぶ》って食べ、腹を満たしてから撲殺に励み、またその肉を食べる。

そのお蔭か故郷にいた時より二回りも腕が太くなった。

アホウドリの卵も彼ら労働者の食料となった。輸送船が来た時には新鮮な卵をそのまま商品としてごっそり持って行くが、船がまだ来ない時期は親を殺され孵るあてもないただの卵だ。泰介は肉を食べない分、茹でた卵を好んで食べた。

「うへえ、何じゃこら」

ある夕飯時、茹でた卵の殻を剝《む》いていた泰介が、おかしな声を上げた。

「孵りかけでねえか、これ」

弥平が泰介の手元を覗き込むと、殻の中でぬらぬらした粘液に塗れた毛の塊が見える。

「ああ、食う気失《う》せた」

泰介が茹でた雛を放ると、背後でくしゃりと殻が潰れる音がした。生まれる前から釜茹での揚句でこれなら、地獄も浄土も実際あるまい。弥平は記憶の底にある地獄絵図をつらつら思い返しながら、潰れた雛の身の上を肴《さかな》に酒を呷《あお》った。

鳥島で三か月が経ち、引き上げの時がやって来た。労働者のうち五名は脚気《かっけ》と壊血病であっけなく死んでいったが、残りの男達は約束された報酬の桁を考え、特に文句もなく船へと乗りこんだ。

乗りこむ前に弥平が振り返って島を見ると、最初あれだけ蠢《うごめ》いていた鳥達はもう疎らになっていた。弥平はアホウドリの生態を知らない。根絶やしの勢いで撲殺しても、来年になったらいずこからか群れを成してまた飛んでくるのだろうと思っていた。そうなればまた片っ端から殴って羽を毟ればいい。そのぐらいに考えていた。

船に乗りこむと、大本である羽毛採取事業の依頼主の太った老人が労働者を歓待した。良い誂《あつら》えの紋付を纏っていたが、口角をやたら上げる笑い方と割れた声の喋《しゃべ》り方は、弥平と同じ貧しい暮らしをしてきた者のそれだった。

船の中で宴席が設けられ、老人は上機嫌で労働者一人一人に酒を注いで回った。やれ、君達が集めた羽毛は欧州で美しいご婦人の帽子を飾るだの、君達の勇敢で誠実な仕事は日本国民が南海で事業に従事したのだという確かな証になったのだなどと、大声で嘯いていた。弥平は老人の言にまるで興味が持てず泰介と飲んでいたが、そこにも赤ら顔の老人は一升瓶を片手に近づいてきた。

「いやあご苦労だったねえ。お蔭で予想以上の収益だ。金一封増すことも考えておるからね。期待して貰いたい」

妙に馴れ馴れしく老人は弥平の肩を叩いた。下っ端の労働者に気楽に金一封を出せるのであれば、その何倍もの上前を撥《は》ねているということだ。そう考えると、弥平は小さく「どうも」としか言えなかった。

「正直、その脚で大丈夫かと思ったが、他の者に聞いたら君が一番上手に鳥を集めてくれたそうじゃあないか。いやあ、その脚でご苦労なことだった」
「短い脚でも、あの鳥になら追いつけるんで問題ねえです」
「そうかそうか。何せ鈍くてのろい馬鹿鳥だからな。まあ、羽がよく売れて、肉も人間様の役に立つんだから、馬鹿でいてくれないと困るがな」
からからと、屈託を削《そ》ぎ落として笑う老人の声が響いた。それがひどく不快で、弥平はそのたるんだ首を鍛えた腕で締め上げてみたくなった。案外、アホウドリと同じ声で鳴いて息絶えるのかもしれない。想像だけで自分を抑え、代わりに安い酒を飲み干した。

弥平達は最初に約束された賃金よりも多くの金を受け取り、さらに「また来年の秋、羽毛採取時が来たらぜひ頼みたい」と言い添えられた。

弥平は依頼主の態度と取り分に釈然としないものも感じたが、実際に手にした金と鳥を撲殺していた時に覚えた愉しさを思い出し、また次の募集にも応じることにした。

泰介は「確かにいい金にはなったけど、あんな島にまた閉じ込められて鳥の糞塗れはご免だ」と言い残し、受け取った金を手にどこかへ消えた。後に聞いた噂では同じような羽毛採取事業を興そうとしてすぐに失敗し、首を括ったということだ。真実は弥平には確かめようもなかった。

翌年の秋、またアホウドリが島に渡って来る時期となり、弥平が連れて行かれた先は随分と遠かった。まず九州まで船で渡り、さらに長い間船に揺られてようやく着いた。小さな島々が連なる海域で、尖閣《せんかく》諸島と呼ばれる。上陸したのは鳥島に輪をかけて岩だらけの、ほんの小さな島だった。およそ目に付くところには大きな木など生えていない。そこに、弥平を含めた六名の男、それに加え、婆さんと太った中年女が飯炊きと羽毟りのために同行していた。今回は小さい島のため人数が少なく、期間も二か月と短い予定だ。

今回も仕事自体は簡単だった。前回と同じく、アホウドリを片端から殴り、殺し、羽を毟っては残りの肉で〆カスを作る。島には水が湧いていないため、溜めた雨水を節約して飲まなければならないのには閉口したが、作業自体は何の滞りもなく続き、最初の一か月はすぐに過ぎた。

この頃に、本土からの船が俵に詰められてたんまりと積み上げられた羽毛を一度回収し、代わりに食料と水の追加を置いて行った。次に来るのはさらに一か月の後で、その時が弥平達の撤収時期でもあると告げられた。

しかし異変はその一か月が過ぎた頃に起きた。

「迎えの船が来ない」

六人の男達の中でただ一人、字が書ける青年が帳面を眺めて焦りの声を上げた。通常の作業の他に日誌をつける役割を担っていた。

「数え間違いじゃねえのか。あれから一か月、まだ経っていないとか」

「いや、日付は間違っていない。迎えが来るのは本来一昨日《おととい》のはずだった。誰か船を見なかったか」

青年の問いに、誰もが口を噤《つぐ》んで首を振った。ここ数日、島は好天に恵まれ波も穏やかだ。ならば本土の付近が荒天に見舞われて船が遅れているのだろう。

「もう少し待つべ」

「そうだな、遅れるということもあるだろう」

最初のうちはそう言い合い楽観していた男達も、一日、さらに一日と水平線の彼方を眺めるうち、顔が険しくなっていった。弥平も焦りを感じたが、残り少ない酒を呷って誤魔化した。

「幾らなんでも遅い」

「鳥や卵を食えば食料には困らんが、さすがにこれは」

迎えに来る約束の日からさらにひと月が経過していた。この頃には、全員が混乱し始めた。もはや作業どころではない。予備も含めて大量にあった食料が底をつき、皆それぞれ自作の竿《さお》で魚を狙ったり貝類を拾ったりしたが、それらも全員の必要分を補うには足りなかった。

食料の不安が増すごとに、作業の時は団結していたはずの男達の間で諍《いさか》いが増えた。最初に危害を加えられたのは飯炊きの老婆だった。

「俺の椀《わん》に盛られた飯が一口分少ない」

ただそれだけの言いがかりで、一番上背《うわぜい》のある男が老婆を殴った。怒りに任せた暴力で、最初から殺すつもりはなかったようだが、弱っていた老婆は地面に転げた姿のままで死んでいた。誰も男を咎めはしなかったし、男も反省はしなかった。

この頃にはもう、自分達は働いた成果の羽毛だけ盗《と》られてこの島に置き去りにされたのだ、と誰もが気づいていた。よって、もう食料以外の目的で鳥を手にかけるどころではない。皆が苛々《いらいら》として、怒りのはけ口は羽毟り役の太った女へと向けられた。弥平は最初のうちは暴行に加わっていたが、やがてすぐに飽きて仲間から離れた。無理に抱くたびに悲憤と呪詛《じゆそ》を絶えず口にする女などより、羽毛を収集するあてもないアホウドリを気ままに殴り殺している方がまだ気が晴れた。

やがて女を巡って、男同士が争いを始めた。老婆を殺した男が最初に刺し殺され、その刺した男を女が石を使って殴り殺した。残された者達は何も言わず、二人分の死体を海まで引きずって波間へと投げ入れた。

「地獄だ」

波にさらわれていく死体を見ながら、誰かが茫然と呟いた。弥平は頷きながらも、心の中では何を今さら、と毒づきさえする。

俺達は鳥を散々殺した風景を見てきた。故郷の糞坊主の言う事が仮に本当ならば、海中に沈んでいくあの男達も、それを傍観している俺達もとうに不浄の身だ。死んでもどうせ地獄の只中《ただなか》で、何も変わりゃしない。自分達を待ち受けている過酷な現実とて、どうせ地獄とひと続きだ。そう思うと、弥平の心は僅かに凪《な》いだ。少なくとも、自分の道連れはまだ数名ここにいる。

残された者達も、あてのない助けを待ちながら粛々と日々を過ごした。だが、食物の偏りは着実に体を蝕《むしば》んでいく。一人は飢えから貝を食いすぎて貝毒にやられ、反吐《へど》と水様便を垂れ流しながら死んでいった。もう一人は魚を獲りに行くと言ったまま、手ぶらで波間へと泳ぎ入ってそのまま帰らなかった。

残されたのは比較的体力のある弥平と太った女、そして字が書ける青年の三名となった。だが、三人になってからほどなくして、青年は急激に力を失っていった。目が充血し、歯茎がぐずぐずに崩れて息が臭い。弥平が椀の水を持って行ってやると、途切れ途切れに礼を言った。

「水、うまいな。なああんた、字は書けるのか」

「書けねえ」

青年は煎餅《せんべい》布団からのろのろと上体を起こし、日誌から紙を一枚、破り取った。

「炉から炭、持ってきてくれないか」

弥平は言われるままに、木炭の切れ端を探して青年に手渡すと、彼は震える手で紙に線を書き始めた。

「とり、とはこう書く」

〝鳥〟と書きつけられた字を、弥平は笑った。

「なんじゃこら。もそもそ線が多くって、おかしな模様だ」

「そしてな、しま、はこう書く」

鳥の字の下に、青年は同じように〝島〟と書き刻んだ。

「さっきの、とり、とどう違うんだ」

「よく見ろ。下のここの部分が違う。鳥という字がもともとあってな、その鳥が海に浮かんだ土地に停《とど》まっている姿が島という文字になったんだ」

「じゃあ、しま、は、とり、がいるからしま、という字になったのか」

「そうだ。島は鳥のためにある。島は、鳥の……。しまはとりの」

繰り返し繰り返し、誰に聞かせるでもない独り言は小さくなり、やがて消えた。弥平は男の口元に手をかざして呼吸が絶えているのを確認すると、まだ温かいその体を背負った。

気がつけばもう夜だった。月は出ていないが地面の凹凸《おうとつ》は足の裏が覚えている。雲のない空は一面に大小の星が瞬いていて、ある地点から下はぶつりと星はなくなり真っ黒になる。それが空と海の境目を示していた。

弥平は岩礁の端まで来ると、男の体を力任せに海へと放り投げた。ばしゃん、という派手な水しぶきの後は、再び穏やかな波音が繰り返されるだけ。背に残る体温が海風で消え去るまで、弥平はそこから動かなかった。

女は肥え太った体が幸いしたのか、存外したたかに生き延びていたが、ほどなく肌が異様に乾燥し、一週間ほど床でのべつまくなし呪いの言葉を吐いた果てに死んだ。最後は口元に持っていってやった水さえも飲み込む気力がないようだった。

一人残された弥平は、アホウドリの卵を生のままで啜ったりして耐えた。やがて卵が全て雛へと孵ってしまい、鳥の肉だけを食べる羽目になった。

しかしすぐに鳥の味に慣れ果て、脂の臭いを嗅いだだけで吐き気を催すほどになった。ほんの試みに、面倒で放置していた羽毟り女の死体から肉を切り取ってみる。何でもい い。鳥の肉以外のものを口にしたかった。

最初は一番柔らかい乳を選んだ。切り出すと中の組織は白くぶよぶよとして、火で炙ると香ばしい匂いがした。しかしいよいよ口に入れるとべたべたとした脂が喉までからみつき、二口食べたらもう飽きた。

次は尻の肉にした。柔らかいし、骨がついていない大きな塊の状態で切り取れたが、皮を剝ぐと白っぽい肉の表面はもう変に粘ついていた。冬とはいえ、亜熱帯の気温は高く、肉が傷んでいたのだった。弥平は試しに塊の状態で火にくべ、焦げた表面を削って食べたが、腐ったような臭いがいつまでも鼻の奥に残る。結局、無理に一度飲み込んだばかりであとは海に棄《す》てた。

「しまった、海水乾かして塩作って、肉、塩漬けにすりゃ良かったんじゃねえか」

気づいた時には遅すぎた。弥平はその後ずっと鳥の肉と、時折海岸に流れ着く海草を齧りながら耐え、食べることのなかった人肉の塩漬けについてその美味さを夢想し続けた。

「死んでも死ななくてもどうせ地獄だ」

一人になった島で、弥平は食うために雛を捕まえ絞め殺した。

「なら早く俺も死んじまったら楽なのにな」

自嘲の言葉を重ねながら、それでも空腹を覚えれば嫌々にでも肉を食い、弥平は生きながらえた。

一人になってから半月後、漁民が夜光貝を求めてこの島に上陸し、弥平は命からがら助かった。体重は大分減ったというのに、鳥の脂を摂りすぎたせいで腹が妙に出っ張ったのが自分でもおかしかった。これでは地獄絵図に描かれていた餓鬼どもと同じではないか。やはり自分には、どう転んでも地獄しかないのだった。

弥平は置き去りの一件以来、南海に進出した事業主にほとほと愛想が尽きた。誰も彼も、自分も含めて、鳥を捕えて金を儲けようという魂胆は同じではあるが、その根底に許せない卑怯《ひきょう》さを感じた。ただ陥れられた怒りだけではない。鳥の血で手を汚す己よりも、もっと卑しく不浄なものを感じた。

「先の島の一件はすまんかった。ただの手違いだったんだ。だがよく生き残ってくれた。どうだろう、その体の丈夫さを見込んで、もう一仕事を頼みたいんだ。もっと儲けたくはないか？　今度は賃金を倍にしてやろう。組頭にもしてやろう。な？」

雇用主は猫なで声で弥平を懐柔しようとした。置き去りの件で余計なことを他の労働者に言いふらされたくないのだという魂胆が透けて見えた。弥平にとっては正直、倍の賃金が貰えるのは魅力だ。雇う振りして殺されるのでない限り、給金については約束を違えることはないだろう。確かに俺も金儲けはしたい。心行くまで鳥を殺していたい。

だが俺より汚い奴《やつ》の下で働くのは嫌だ。どれだけ金が入っても、どれだけ快適に鳥の仕事を続けられようと、汚い男に上前を撥ねられるのは金輪際ご免だ。そう思った弥平は、関東から姿を消した。

弥平は北へと向かった。南の島は続々と人が送りこまれてひとつ、またひとつと海鳥が根絶やしにされているが、北海道ではまた違う種類の鳥を獲って仕事ができるという話を聞いたためだった。

北海道は寒いところとも聞いた。夏はそうでもないが、冬は長く、骨の髄が凍るほどに冷たいのだと。東北の暗くて寒い冬を幾度も越してきた弥平は、それに毛が生えた程度の寒さじゃ俺には別に堪えられない程のもんじゃなかろ、と気にも留めなかった。

何より、南海のあの常に全身の毛穴から脂汗が浮き出るような暑さを思えば、その対極の寒さなどむしろ望ましい、とさえ思えた。

弥平が津軽《つがる》海峡を渡って最初に辿りついた函館《はこだて》は春で、雪から解放された地面から一斉に草花が萌《も》え出る頃だった。なんだ、確かに関東よりは寒い春だが、大したことはない。そう気楽に構えて様々に情報を探った。

函館は存外大きな町だった。本州から儲け話を求めてやって来る者達がひしめいていて、どこか常に祭りのように浮き立った華やかさがある。弥平はこの雰囲気を気に入った。

人が集まる路地から一歩裏に入れば薄暗い飲み屋がすぐに見つかり、ぼろ着に目ばかりぎらぎらと光らせた流れ者が安酒片手に情報を交わしている。その情報とて嘘か実《まこと》か、弥平に測る術はないが、羽毛採取の働き手を探しているところはないかとひたすらに聞き回った。

情報はほどなく見つかった。函館を拠点にしている毛皮の商人が海鳥の採取も扱っていて、人足は常に不足しているという。すぐにその商店を訪ね、店先で番頭に「鳥の羽のことで」と伝えると、翌週から採取の船に乗ることになった。

粗末な船で荒れる海を渡り、弥平が連れて行かれたのは函館から外海に出た西の沖合にある渡島《おしま》の大島と呼ばれる島だった。労働者は弥平の他に四人いた。いずれも羽の採取は初めてで、もちろん大島に渡るのも初めてだという。

船頭から大島が見えてきたぞ、と告げられ、弥平は甲板から島を眺めた。

「何じゃあ。でかい山があるだけで、ろくに木も生えとらんのか」

大島は茶色い山が海面にせり出しているように見える火山島で、ざっと見るに緑らしきものは一つもない。船頭は、聞いてなかったのか、と呆れた。

「中心に見えるあの山がなぁ、まだ元気な火山だからさ。前にどえらい噴火をして、島の表面にある土がすっかり駄目になっちまったそうだ。畑が作れないから人が住まないし、ちゃんとした港がないから漁師も近寄りゃしないよ」

弥平は食料の他に真水の樽がやけに沢山積み込まれた理由に納得した。

「でも、海の中に人もいねえでぽつんと浮かんでる島だから、鳥が来るんだべ」

「そうさ。その通りさな」

「そういうところに鳥は来るんだ。鳥が来るから、鳥が沢山来るから、島は鳥に似てるんだ」

弥平はかつてあの青年が今際《いまわ》に言い残したことを思い出していた。船頭は訳がわからず首をひねっているが、構わずぶつぶつと独り言を言っていた。

「鳥は島にくる。そしてここは大きい島だ。鳥、沢山いるべな」

段々近づいてくる島の上空に、塵《ちり》のような点が幾つも飛んでいるのが見えた。また獲れる。また鳥を片っ端から獲れる。弥平の胸は期待に膨らんだ。


しかし島に着いてほどなくして、弥平の期待は失望へと変わっていった。確かに島のあちこちに鳥はいるが、アホウドリではない。オオミズナギドリという違う種類の鳥だった。事前に海鳥としか聞いていなかった弥平はてっきりアホウドリの群れが北にもいるものと思いこんでいたが、雇用主の求める羽はもともとオオミズナギドリのものだったのだ。

仕事自体はこれまでと同じだった。営巣するオオミズナギドリを片っ端から撲殺し、ひとところに集めて羽を毟っては袋に詰める。だが、弥平には退屈だった。オオミズナギドリはアホウドリと比べて大きさがまるで違う。翼を広げても半分ぐらいのうえ、目方もめっぽう軽い。

当然、捕えたところで得られる羽毛も少ない。しかも、腹の羽毛の一部は背から続いて灰色をしており、白い部分が少ない。アホウドリの羽毛は白が最上で、若鳥の灰色の毛が混ざれば値が落ちるのだと散々教え込まれてきた弥平には、オオミズナギドリの灰色ばかりの羽毛は全く価値がないようにさえ思えた。これでは後払い分の賃金もさぞ安かろう。

そして何より、獲物が小ぶりなために、殴って仕留めた時の達成感が少ない。これが弥平には一番こたえた。

「同じだけ汗流して殺しても、少しも楽しくねえ。おまけに、大して稼げねえのなら、全くつまらね」

ぶつぶつ言いながら身の入らない仕事を続けるうち、大島の鳥も次第に数を減らしていった。実際、ひと夏のうちに島内のオオミズナギドリはほぼ姿を消し、労働者達は荒々しい地表に残った糞と腐った肉ばかりを置いて、島を後にした。

函館に戻った弥平は、再び盛り場をうろついてもっと良い稼ぎ場所はないかと探し回った。北に行けば川の上流では砂金がまだ残っているとか、東の方ではカワウソとラッコの毛皮で儲けられるとか、どこまで本当でどこから嘘なのか、ただ噂の熱量だけは満ち満ちているなか、羽毛の話はもうほとんど見つけられなかった。

大島で得たなけなしの労賃をもとに木賃宿で眠り、あてもなく飲み屋に出入りするうち、一人の老人とよく顔を合わせるようになった。

ぼろぼろの着物に擦《す》り切れた下駄を履いた老人は、自分はかつて函館で相当儲けたのだと語った。人を使って鯨《くじら》を獲ったとか、人からただ同然に譲り受けた馬を競馬に出して一儲けしたとか、やたらと華やかすぎてほら話と思《おぼ》しき内容ばかりだった。

実際、老人の話にどれだけ真実が混じっていたのかは誰も知りようがなかったが、それでも老人が景気の良かった話を語ってにかりと笑うと、奥の方では確かに金歯が光っていた。

はは あ、山師の類《たぐい》か、眉唾もんだな、と弥平も判断したが、老人はいつも楽しそうに大仰な話を繰り返すので、あくまで酒の肴として楽しく聞いてやることにしていた。

「なあ、兄さん。他所から海峡を渡って来たのだろう。なあ、この島は楽しいなあ」

弥平に奢《おご》らせた酒を舐め舐め、老人はけらけら笑った。今まで南や北の島々を仕事場にしてきた弥平は首を傾げざるを得ない。

「島か。確かに地図見たら島なのかもしれねえけど、北海道は島というには大き過ぎる気がすんなあ」

「いいや、ここは島さ。だって手に負えるもの。俺らでも、他の誰かでも、管理して支配して美味い汁吸い上げるのに丁度いい大きさだもの」

　老人はうっとりと天井を見上げて語った。何を思い出しているのか、そもそも弥平と話していたことさえ忘れているようだった。

「この島はいいぞ、この島は。風が吹けば隠れるに良い木が沢山ある。山が噴火しても逃げられるだけの土地がある。それに、あちこちに鳥がいる。あんたの好きな鳥がな」

　まあ飲みなよ、と勝手に弥平の徳利を傾けて、老人は続けた。

「なあ兄さん。わしもなあ、今は文無しだが、若い頃から色んなことやって、羽振りのいい時もどん底の時も味わった。そんで得たことってのはな、絶対にお上《かみ》や他人の言う事を信じ込んじゃいけないってことだ。どんなことでも、自分で物事の芯を叩き割り、中の髄までもちゃんと啜らんと、本当の価値というのは分かりゃしない」

「ぼろを着ている爺《じい》さんが本物の価値なぞと言うか」

　乱暴な半畳を入れながらも、弥平はひどく納得していた。まさに今まで自分がしてきた仕事がそうだ。

　確かに、坊主は殺生はいかんと言ったが、実際に殺す俺より汚い奴が俺達を殺してまで利益を得ようとしていたじゃないか。それと比べたら自分の手で殺生をした俺はまだましではないのか。むしろ、そこらじゅうを飛び回っているだけの鳥を殺して、羽毛を高い金に換えて、そうやって初めて、鳥達は俺に価値を付けてもらえたんじゃないのか。そう考えると、弥平の中でするりと合点がいった。そうだ、俺の鳥殺しは鳥のためにもなったのではないか。

小さく頷く弥平の肩をばしばしと叩いて、老人は機嫌よく笑った。

「兄さん。何もかも食いつくしてやらないと、真の価値ってのは分からんものだよ。全部味わってみなさいな。そしたら分かる。なあ覚えときなよ。あんたが思っているより、この島はもっと甘苦い」

酔っているのか、それとも何かの病なのか、老人の目は焦点が合っていなかった。弥平の背後あたり、何もない空間に顔を向けながら、何が楽しいのかまた大きく口を開け、金歯を見せて笑った。

羽毛採取の仕事については、結局函館では情報を見つけられなかった。弥平の知らないことだが、南海の島々でアホウドリが続々と獲り尽くされて以降、商売の焦点は鳥の羽ではなく、その糞へと移り変わっていた。何十年何百年と孤島に積み重ねられた鳥糞はリン酸に富み、農業肥料、そして火薬の原料として大きな意味を持つようになった。産業、軍事の大事な資源となれば商人も政府の人間も羽などに構ってはいられない。羽毛の輸出量はめっきり少なくなり、さらに商売として手を出そうという者も減っていた。

　時代は明治とやらも四十年を過ぎたというが、弥平には与《あずか》り知らぬことだった。ただ、加齢だけは確実に彼の体を蝕み、日々体力と膂力《りょりょく》が落ちていくのを自覚した。それでも放浪の身ひとつを頼りに、時折地引網を引いて日銭を稼ぎ、少し金が貯まると移動を繰り返した。いつしか弥平は北海道の太平洋側を、海岸の集落を渡りながら東へ、東へと歩いていった。

　北海道をあとにすることも、考えないではなかった。だが、東京に戻ったところで自分の勘を活かせる仕事がありそうには思えなかったし、東北の故郷にはもとより帰るつもりもない。

　結局、北海道の流れ者が集まる雰囲気が自分には合うのだと判断した。各地で様々に新たな産業が試みられ、選り好みをしなければ仕事の口に困ることもない。深い人間関係の持つ湿っぽさとも無縁で、かつて函館で老人が言った〝この島〟に身が馴染んできたような気さえする。

　そうして流れていると時折、各所で鳥の羽を採取しているという話も聞くようになった。かつてのように商人が手引きして大規模に人を使うという話ではなく、個人が本業の他に水鳥の羽を採取しているということだ。輸出をするために組合さえ組織している地域もあると聞き、弥平は俄然《がぜん》興味をそそられた。

水鳥の羽を獲っているのは北海道の東や北東の、海沿いに湿地や湖沼が点在している地域だと知り、弥平は早速足を向けた。移動するにつれ、徐々に建物が少なくなり、点在する集落の規模も小さくなる。季節が秋ということもあり、裸になった木々がひどく侘しく見えた。

弥平は根室という町から少し離れた、汽水湖のほとりにある集落へと落ち着いた。湿地帯にぽつぽつ見える沼や川、そして海岸線には渡り鳥らしき鴨類《かもるい》や大きな白鳥が羽を休めている。

いいぞ、鳥がいるなら、鳥を獲る仕事もあるかもしれない。弥平の心は久方ぶりに浮き立った。鮭《さけ》を獲って捌《さば》くための季節雇いの口が多く、自然、流れ者が過ごしやすい安宿や飲み屋がいくつか建っている。地元の人間も集まる店を選んで弥平は通った。

「鳥を獲りたい。鳥を殴って羽を集める仕事だが、この辺に鳥いっぱいいるだろ。そういう仕事ないか」

会う人間皆にそう言っているとほどなく、「おう、俺は鳥獲るぞ」という男がいた。地元の商店の主人で、趣味で鉄砲を撃つという男だ。地域の顔役も兼ねているのか、皆から大将と呼ばれていた。

「あんた、鳥獲るのか」

「小遣い稼ぎ程度だけどな。白鳥ば鉄砲で撃って、その羽を集めたら結構いい値段で引き取ってくれる業者がいるんだ」

「それだ。それ、俺にもやらせてくれ」

弥平はなりふり構わず懇願した。自分はかつて南の島や渡島の大島で長年鳥の羽を獲ってきた者だ、結構な仕事ができるはずだ、と経歴を明かして頼み込んだ。だが、大将は渋い顔をしてなかなか首を縦に振らない。

「どうかなあ。あんた、鉄砲使うんでねえんだろ。今時分、鉄砲もなしに鳥ば捕まえようなんて、酔狂もいいとこだ」

鉄砲なしなら捕まえらんねえ奴に言われたくねえ。弥平はそう思いながらもぐっとこらえ、なおも頭を下げた。

「大丈夫だ、俺は棒で殺すのに慣れてる。上手《うま》いもんだ」

「効率ちゅうもんが悪いだろ。鉄砲だら、弾さえあれば一度に何羽も撃てる。棒持って追っかけるだけだと、せいぜい一度に一羽だけだべや。果たしてどうかなあ」

「一度、俺のやり方を見てくれれば分かる。連れてってくれねえか」

「そうかあ？　そこまで言うんならなあ……」

渋りながらではあったが、大将は弥平の仲間入りを許可した。一週間以内に、前浜の波が荒れている日を選んで出かけるということだった。

弥平は毎夜、宿で煎餅布団にくるまりながら、胸の高鳴りを抑えられなかった。ようやく、やっと、あの時のように鳥達を殴りまくれる。子どもの頃、目に入る川海老を手当り次第に捕まえたように、何もかもをまたこの手で自由にできる。

隙間風の冷たさに身を竦めながら、どうかこの風がもっと強く吹いてくれるように、そうして目が覚めたら、海が荒れているようにと願いながら眠りについた。


風が吹くのを心待ちにして五日後、弥平の期待通りに強い東風で前浜は荒れ、約束していた広場に大将と仲間達が集合した。傍には立派な馬一頭と、繋がれた馬橇《ばそり》がある。

「わざわざ橇用意するなんて、どっか行くのか。海行くんでないのか。浜で白鳥獲るんではないのか」

「浜でも確かに白鳥いるけどよ。海に浮かんでる白鳥に弾ぶち込んだら、回収するのが大変だべよ。俺らが行くのは海と繋がっている川よ」

大将は慣れたふうで、用意した馬橇に乗るよう弥平に促した。他の人員は大将を除いて四名。全て地元の農家や商人だということで、皆、使い慣れた様子の村田《むらた》銃《じゅう》を手にしていた。

十五分ほど馬橇に乗せられ見えてきたのは、浜からしばし内陸に入った川べりだった。湿地帯を縫うように流れている川はせいぜい子どもでも泳いで渡れそうな幅しかない。

大将が川を指して顎をしゃくった。

「この辺は高低差がないから流れが静かだべ。水の深さも膝ぐらいまでしかない。河口が近いわりに小さい川だから、いきなり襲っても狭すぎて白鳥は飛び立てねえんだ。そこを狙う」

「なるほどな」

ぬかるみが深い小道の手前で馬橇が停まった。男達はおのおの銃を手に歩きだした。弥平もイチイの木で作っておいた棒を両手で握る。

「浜は今日、波が荒れていたろう。そんな時は奴ら、川を遡《さかのぼ》って藻を食いに来る」

「この川に、白鳥、来てるのか」

「今まで通りなら、間違いなく何十羽か、多ければ百羽はいるぞ」

百羽。あの大きな鳥が、百羽も。弥平は想像して、唾を飲み込んだ。大島の小さな水鳥では物足りなかった思いが、やっと充足されそうな予感がした。あのアホウドリの奴らよりも大きな白鳥一羽から、いったい何斤《なんぎん》の羽が取れるものなのか。想像しただけで心が躍った。

道は泥の表面だけが凍っている。弥平は古びた革のブーツで足をとられながらも男達の後を黙々とついていった。ぐねぐねと曲がった川沿いを上流に遡っていくと、すぐにグワグワと大きな鳴き声が何重にもなって聞こえてくる。

「いる。大きな音を立てるなよ」

大将が背後の弥平を振り返って小声で注意する。他の男達も顔を見合わせて合図し、散弾を銃に込めた。

すぐに、枯れ果てた灰茶色の景色の中に、まばゆい純白の塊が見えた。互いに何を主張しているのか、大きな嘴《くちばし》でグワグワギャアギャアと何事か唱えながら、時折水面下の藻を食んでいる。人間から見て風下にいるにもかかわらず、こちらが数歩進んでも気づいていない。

ああ、こいつら、大した間抜けだ。人間に獲られるためにいるような奴らだ。俺が殺してもいい奴だ。俺が殺して、その羽を売って、意味を作ってやらねば。

そう思った瞬間、弥平は走り出していた。

「あっ、てめえ、待て新入り！」

大将の大声も聞こえなかった。ただ棒を振りあげ、川に入って白鳥の群れへと突進した。白鳥達は突然の闖入者《ちんにゅうしゃ》に今さら驚き、一層ガアガアとがなり立てて羽ばたこうとした。だがもともと川面《かわも》にびっしりと群れていたため、逃げ場所がない。おまけに飛び立とうにも助走に十分な場所がなく、さらに混乱して押し合いへし合いするばかりだ。

弥平はそのうちの一羽に近づくと、棒を持つ手に力を入れ、長い首の先にある頭めがけて振りおろした。手ごたえはあった。アホウドリやオオミズナギドリなら一発で昏倒《こんとう》するはずの打撃だったが、白鳥は倒れなかった。頭を打たれた衝撃で首をおかしな方向に曲げながら、明確に弥平に向かってグワッと怒りの声を上げた。

「てめえ、しつこい、しつこいぞ、このっ」

頭のなるべく同じ箇所を夢中で何度か殴りつけると、ようやく白鳥は力を失って水面に浮いた。寒い中にもかかわらず、弥平は服の下にうっすらと汗を感じた。上がった息を整えて周りを見る。男達はそれぞれ弥平のいる方に重ならないようにして、逃げ惑う白鳥を撃ちまくっていた。

弥平が二羽目を見つける前に、全ては終わってしまっていた。逃げられた白鳥はなんとか飛び去り、撃たれたものは水面のそこかしこに浮かんでいる。羽に血がにじみ、川面がうっすら赤く染まった。白鳥の声も銃声もしない川はやけに静かだった。

「ひでえなあ、血が染みたら、羽、価値落ちるじゃねえか」

ふかふかとした胸の羽毛にべっとりと血がこびりついた白鳥を拾い上げながら、弥平は息をついた。

「もったいねえ。折角殺したのに」

「もったいねえじゃねえよ！」

怒号と共に、大将が弥平の肩を殴った。周囲では、苦虫を嚙み潰したような顔をした男達がこちらを睨んでいる。

「なんで勝手に飛び出すんだ！　お前のせいで予定より数撃たれなかったでねえか！」

「勝手にってなんだ。俺ぁ俺が一番と思った時に殴りに出たんだ。何を迷惑かけたっちゅうんだ」

「お前のいる方向には鉄砲向けて白鳥狙えないでないか！　それとも白鳥ごとお前も撃たれてえのか！」

そこまで言われて、鉄砲の使い方に疎い弥平はやっと理解が追い付いた。ひと足先に自分が駆け出したせいで、迷惑をかけたのか。悪いことをしたという気持ちが湧いたが、同時に、鉄砲とはなんて不自由な道具なのだろうと呆れた。皆が皆、棒を持って白鳥の群れに飛び込んだら、方向なんて気にせずとも良いというのに。

それに、鉄砲だと確かに数は獲れるかもしれないが、あんなに血を流させて羽を駄目にするのならやはりもったいないではないか。そう思って弥平は川面の白鳥を見回すばかりだった。己の行動を省みる様子がないと見たのか、大将は大きく首を振る。

「ほんとに、なんてことしてくれたんだ。もうお前と白鳥撃ちに来るのはご免だ。危ねえったらありゃしねえ。間違って人間撃っちまったなんていったら、洒落《しゃれ》になんねえんだよ」

そうだそうだ、と他の男達も賛同した。皆、大将が諭している手前、弥平を睨みつけているだけだろうが、いかにも血気に逸《はや》った目をしていた。

「そんなに無闇やたらに鳥殴って殺したいんなら、最初っから最後まで一人でやるこった。羽毛は持ってくりゃ買い取ってはやるけどな、俺らはもう一緒にはやれねえよ」

「分かった。じゃあ、次からは一人で白鳥探して、一人で羽毛を獲ることにする」

反省も迷いもなく言い切る弥平に、今度こそ大将は大きく息を吐いた。鉄砲を担ぎ直すと懐に手を入れ、いくばくかの小銭を取り出して弥平に渡す。

「とりあえず、今日のお前の取り分だ。一羽分」

手にした銭の軽さに、これだけか？　こんなに大きな鳥を殺したのに、これだけなのか？　と弥平は率直に思ったが、考えは口に出さないでおいた。相手は銃を持つ男五名、対して自分は棒しか持っていない。納得したくないが、銃の威力はさっき実際に目にしたばかりなのだ。弥平は銭を握り締めたまま、来た道を独り引き返した。


それから、弥平は日々、安宿と周辺の小さな河川を往復する日を続けた。何せ馬を持たないうえ、片方が短い脚は長時間歩くのに向いていない。おまけに土地勘もないときて、あの日見たような枯野に休む白い一群をなかなか見つけられず日が過ぎた。あの鉄砲撃ちの集団に頭を下げて、もう一度仲間に入れてもらおうなどという考えは全く湧かなかった。

銭が尽きかけても日雇いに出かける気がせず、白鳥一羽あたりがあの安値ならば、何十羽殴れば帳尻が合うのかと、ただそればかりを考えて白鳥を追い求め続けた。

「白鳥、どこ居るか知らねえか」

通りすがりの人間にまで譫言《うわごと》のように問いかけ、来る日も来る日も棒を片手に川沿いを歩く弥平を、地元の人々は〝鳥の流れもん〟と呼んだ。嘲りを含んだその呼び名に、もう弥平は怒りもしない。垢じみた体に羽織った汚れた綿入れの前を掻《か》き合わせ、厳しくなっていく冬の中、胡乱《うろん》な目でひたすら鳥を求めた。

そして寒さが本格的に厳しくなったある日、ようやく白鳥の小さな一団を見つけた。曲がりくねった小川の一角、前夜吹いた強風の影響で川面の氷同士がぶつかって割れたのか、水面が見える場所に三十羽ほどの群れがひしめきあって藻を探したり羽を休めたりしている。

「ここだ、やった、ようやくだ」

弥平は髭だらけになった顔面に笑みを浮かべ、よろよろと群れに近づいた。周囲は葦原で身を隠すものは何もないが、やはり白鳥は距離を詰めてもすぐには逃げなかった。

「そう、そうだ。お前らは俺に殴られるんだ。血まみれになんてさせねえから。前よりもうまく殴るから」

あと十数歩、という距離になって、ようやく白鳥達は弥平の姿にギャアギャア喚《わめ》き出した。すぐ逃げられてたまるものかと、弥平は小走りで近づき、岸から手の届くところにいるひと回り大きな白鳥に目標を定める。そして以前よりも力を込め、その頭を狙った。しかし、力んでいたせいか棒は鳥の頭を捕えず、水面を叩いた。反動でそのまま、棒は手から離れてしまう。

「あっ、ああっ、畜生っ」

慌てて水の中に入り、再び棒を手に取ろうと屈《かが》む。その途端、弥平の右耳に強い衝撃が走った。

「あいてえっ」

耳の奥が爆発したような衝撃に、体勢を崩してそのまま水の中へと転がる。何が起こったのか分からず、かろうじて上体を上げると、さっき狙ったと思しき大きな白鳥が両翼を広げ、弥平に向かってギャアギャアと鳴いていた。ただし、右耳にその音は入ってこない。羽で打たれ、鼓膜が破れたらしかった。

全身冷たい水にまみれ、体温が一気に下がっていく。それでも人生で初めて鳥から反撃を受けたのが腹立たしく、弥平は目の前の白鳥に素手で飛びかかった。見た目よりもがっちりした両翼を押さえ、捕えた、と思った瞬間、今度は左の脇腹に激痛が走る。

「なんだあっ、違うやつかあっ」

思わず翼から手を放して振り向くと、違う白鳥がやはりこちらを威嚇している。睨みつけた瞬間に、拘束から解かれた個体が容赦なく、羽で弥平の体といわず頭といわず打ち据えてきた。羽の中にまるで石でも仕込んでいるかのように打撃が硬い。

「う、うわっ、うわああ、うわあっ」

弥平は両手で攻撃を防ぐのが精一杯だった。すぐに他の白鳥が加勢し、数羽こぞって弥平を打ち据えにかかる。翼での攻撃と、黒く鈍重そうな脚による蹴りと、存外鋭い嘴によって、弥平はしたたかに痛めつけられた。体の内側で骨が折れる音をいくつも聞いた。不摂生により衰えていた骨は軽く、折られたところからさらにぱきぱきと砕けた。

打たれた場所が痛くて熱い。なのに水に濡れた全身が凍るように冷たい。畜生、なんでこんなに冷たい水に、こいつらずっと浮いていられる。もはや意味をなさない悲鳴の中で、弥平はふと白鳥の身を羨んだ。そうだ、こいつら、羽毛があるからだ。羽毛があるから、寒くないのか。そうか。俺にはない。俺には最初から、なにもない。

それが弥平の脳裏に浮かんだ最後の考えだった。白鳥達は心ゆくまで闖入者を打ち据えると、対象が動かなくなったのを潮時に、再び平穏に水中の藻を探り始めた。その時にはまだ弥平は息があったが、意識を失った体は冷たい水に浮いたまま逃れることもなく、やがて心拍も細って止まった。

白鳥の群れが休憩を終え、さらに北の方角目指して飛び立つと、薄氷に埋もれるように浮かぶ弥平の死体をキツネが岸へと引きずり上げた。なかば凍った皮膚に歯を立てているうち、死の臭いを嗅ぎつけた猛禽《もうきん》らが近くに寄ってくる。そこにカラスも加わり、タカとワシとトンビとカラスとキツネとが、牽制《けんせい》しあいながら弥平の肉を食いつくした。最後に残った骨もどこかに持ち去られ、割られて髄を啜られた。弥平がこの北の川辺で死んだ痕跡は、もう何も残されはしなかった。

この直後、明治四十三年には羽毛貿易が禁止され、昭和八年に鳥島はアホウドリ保護のため禁猟区に指定される。さらに昭和三十三年に、「鳥島のアホウドリ及びその繁殖地」は国の天然記念物となった。昭和三十七年には特別天然記念物に指定され、昭和四十年には特別天然記念物の名称が「アホウドリ」へと変更された。以降現在に至るまで、一時は絶滅の危機に瀕《ひん》したアホウドリは、保護区で習性だけは以前と変わらず年に一個ずつの卵を孵し、細々とながら命を繋いでいる。

北方ではオオハクチョウが保護鳥となり、人に餌を与えられたり、与えられるのを止められたりしながら、代を替えて今も湖沼で優雅に羽を休ませている。

かつて弥平の肉体がゆっくりと貪られて消えた場所も、泥と葦が覆いかぶさる上に毎年雪が降り積もり、そこにはもう浄もなく、不浄もない。

うまねむる

空気は灰色に染まっていた。乗用車やトラックの排ガスに加え、圧雪が消えた道路の表面をスパイクタイヤが容赦なく削り、黒い粉塵《ふんじん》が町の空気を汚していく。路肩のそこかしこに残っている雪山の表面も、黒く汚れていた。

鈴木雄一《すずきゆういち》は毎年春には避けられない光景をダンプカーの運転席から見下ろしつつ、札幌の汚れた町中を走っていた。このところ、郊外の土砂置き場と中心部の現場を往復する日々だ。世の中は好景気の余波をうけて末端までも慌ただしい。ただでさえ残雪で狭くなった道を、乗用車がひしめいていて、車列はなかなか進まない。自然と苛々し、灰皿に押し込められた煙草《たばこ》は山になっていた。

新しい一本を咥えて火をつけ、吸うでもなく咥えたまま渋滞が動くのを待っていると、対向車線に一台、雄一が乗っているのと同型のダンプが見えた。現場から土砂置き場へと向かう同僚の車だ。いつものようにすれ違いざまに片手を上げるつもりでいた。しかし、前に車はいないのになかなか近づいてこない。雄一が目線を下げると、同僚のダンプの前に一台の荷車がいた。

馬が一頭で引いている荷車だ。さほど大きくない茶色の馬が、どこか悠々と路肩に近いところを歩いている。荷台に座った老人が一人で手綱をとり、その後ろには新聞の束や空き缶などが見えた。

馬を使っての廃品回収業者とは珍しいな、今どき。そう雄一が驚いていると、同僚のダンプからけたたましいクラクションが響いた。音に驚いたのか、馬はびくりと跳ね上がった後、歩みを速めて懸命に荷車を引く。老人は慌てふためき、荷台から馬に何事か声をかけ続けているようだ。

荷車は焦りながら雄一の車の横を通り過ぎていった。ぶつかりそうなほどすぐ後ろについていたダンプの運転席で、雄一の同僚が前の荷車を指し、〝困ったもんだよ〟とばかりに品のない笑い方をしている。

雄一はどこか得意げな同僚の顔を睨み据える。無意識に煙草のフィルターを噛みちぎっていた。すれ違いざま、同僚がこちらの様子に驚いたのち、鼻白んだ表情に変わっていくのが見えたが構わなかった。きっと会社に戻った後で、難癖をつけられるだろう。上等だ。一発ぶちかましてでも、さっきの行為を後悔させてやる。

自分でも驚くほどに怒りがいや増すのを感じながら、雄一はさっきの馬を思い返していた。路肩を追い立てられて歩き、排ガスと粉塵に汚れ、それでも歩くことを止めなかった一頭の馬の姿を。

○

昭和三十五年。札幌近郊、江別《えべつ》市。

雪解けと共に土は弛み、泥となったその表面を春の風が乾かしていく。泥と一緒に、雪の中で凍りついていたひと冬分の馬糞も粉となって風にのり、江別の町中を粉っぽく染めていた。馬糞風。春の風物詩というには情緒を欠いた名と匂いをもつ風だった。

『鈴木装蹄所《そうていじょ》』という看板が掛けられた木造の家には、広い土間が設けられていた。真ん中には太い柱が四本立てられている。その柱の間に、筋骨隆々とした大型馬が保定されている。左の脚が蹄《ひづめ》の裏側をさらすように折り曲げられ、柱のうち一本にしっかりと縛り付けられていた。

保定された馬の鼻息がひとつ、ぶふうと豪快な音と共に吐き出された。次いで、ぶるるっと鼻を鳴らす振動。普段は黒く潤んでいた目は、緊張からか白目を剥いていた。その白目も今は充血さえしている。

「そんな緊張すんな。熱いわけでないし、お前の脚にいいことするだけだ。すぐ終わるから」

雄一は馬の顔に手を伸ばすと、その鼻先に触れた。いつもはふにふにと柔らかい皮膚が、緊張から強張っているのが分かる。それでも、表面に短く密生した毛の感触を楽しむように、雄一は馬の鼻を撫で続けた。

馬の後ろでは父の陽一《よういち》がやっとこで押さえた蹄鉄にギン、ギンと音を立てて金槌《かなづち》を振りおろしている。橙色に焼けていた鉄は徐々に温度を下げて白くなり、すぐに普通の鉄色を取り戻す。それまでに手早く叩いて蹄鉄を馬に合った形へと変える。

「よし。いいな」

額を流れる汗を拭うこともないまま、陽一は再び蹄鉄を窯にくべる。ふいごで幾度か風を送り火力を強めると、またすぐに蹄鉄は真っ赤に焼けた。それを、やっとこで摑んで馬に近寄る。警戒した馬が耳を寝かせた。

「なんも、お前、冬前に初めて鉄履いた時にもやったべよ」

雄一が馬の鼻面を撫でてやっているうちに、父は熱した鉄を蹄の裏側へと押し付けた。とたんに、じゅううという音と共に白い蒸気が上がる。土間には髪の毛を焼いたような臭気が充満した。

「ほれ、大丈夫だべ、熱くないべ？」

陽一が折り曲げた脚をぽんと叩く頃には、蹄鉄はもう鉄本来の色に戻って蹄の裏に圧着されていた。

「鈴木さんに冬に打ってもらった鉄のお蔭で、こいつ冬道でも足滑らさんでよく働いてくれたわ」

土間の上がり框《かまち》に腰かけていた馬の主が、煙草をくゆらせながらのんびりと言った。

「いい馬だもの。ただ、ちょっと爪の伸びにムラがあったから、鉄打つ前に丁度良く切っておいたよ」

陽一は手際良く作業をしながら、馬主と気楽に会話をする。蹄鉄を熱で圧着した後は、釘で固定しなければならないのだ。カン、カン、と小気味いい金槌の音が響いた。

「どうさ大将、最近忙しいんでないの」

「まああなあ。冬の滑り止めつきの鉄から、夏用の鉄に替え時だからなあ。馬ひっきりなしに引っ張られて来るわなあ。今日はまだだけど、いつもだら家の前に順番待ちして馬並ぶわ」

「近頃は、ありがたいことに俺ら馬搬《ばはん》の人間は景気いいから。前だったら冬の鉄だけつけたけど、夏にも鉄打ってもらって馬ば大事に使わねばね」

「そう言ってもらえると鉄屋はありがてえけどな」

鉄屋とは蹄鉄屋のことだ。雄一の父、鈴木陽一は、頑固だが堅実な腕前が評判となり、遠くからも馬を連れて来る農家や馬搬の業者が後を絶たなかった。

折しもこの頃の江別では、耕作に馬を使う農家はもちろんのこと、特に土壌改良とレンガ作りのための土運搬や、パルプ工場のための原木切り出しなどの産業で馬が大活躍していた。

馬に関係する商売も花盛りで、馬喰《ばくろう》、馬具屋、橇屋などがあり、特に装蹄師は馬の働きに直接関係があるため、重宝されている。彼らは単に馬に蹄鉄を装着するだけではなく、爪を削って歩行の癖を改善したり、病気を事前に和らげたりと、馬の健康管理のためにも重要だった。

十勝《とかち》で装蹄を学んだ父・陽一は、独り立ちしてここ江別で装蹄所を開いた。腕が良いため、何人も弟子志願者が訪れるが、妻が一人息子の雄一を産んだ際に亡くなっていたため手が回らず、住み込みにさせる訳にはいかない。

なにより、本人が人に教えるよりも自分の仕事を充実させたいという性分もあり、弟子もとらないままで職人を続けていた。独りであっても、一頭一時間はかかる作業を一日十頭以上も手がけるなど、繁忙期は特に脇目もふらず働き続けていた。

母を知らず、しかし働き者の父にきっちりと育てられた雄一は、陽一の作業を傍で眺めたり、馬の飼い主らから話を聞くのを楽しみとしていた。春に小学校の五年に進級し、現実味を帯びて自分の将来を考えるようになった今、自分も〝鉄屋〟として跡を継ぐのだと当然のように思っていた。

一本目の装蹄を終え、〝これは痛いことをされているのではない〟と理解したらしき馬は、大人しくなった。雄一が「よしよし、お前偉いな」と馬の肩を撫でていると、外から「ご免下さい」と声がした。

「おう、新しい客が来たな。雄一、俺まだ手ぇ離されねえから、待っててくれって言いに行け」

「はい」

父に言われて土間から外に飛び出すと、春の匂いがする。馬糞風の匂いと、外で主《あるじ》と一緒に待っている生の馬の臭いだ。農家らしいほっかむりをした男が、小ぶりだが目つきのきつい道産子《どさんこ》を連れていた。

「すみません、今打ってるのがもう少しかかるんで、待ってもらえますか」

「おう、ここで待たしてもらうよ。うちの馬、気ぃ荒くてなあ。恵庭《えにわ》の鉄屋じゃ扱えねえのよ」

「恵庭からですか。遠くからなのにすぐできず、すみません」

「なんもなんも。ここの鈴木さんだら、きかねえ馬でもやってくれるっちゅうて聞いたもんだから来たのさ。いくらでも待つよ」

男は慣れたふうで懐から煙草を出した。雄一は一礼すると、土間のストーブに載っている薬缶（やかん）から茶を淹（い）れる。上がり框で待っている客に一杯勧め、外の待ち客にも茶を持って行くと、先ほどの馬に加えてさらに二組も客が待っていた。

「父ちゃん、お客二頭増えてる」

「その人らにも、悪いけど待ってるよう頼んでくれ。急かされたからって、手ぇ抜く訳にはいかねえからなあ」

「そうだそうだ。急かして温《ぬる》い仕事されるぐらいなら、少しぐらい待っても、いい鉄ば打ってもらったほうがよっぽどいいわな」

茶を飲みながら、馬主はそう言って豪快に笑った。

陽一が真面目一辺倒の職人だということは知れ渡っている。雄一は父が酒を飲む姿をほとんど見たことがない。自宅で晩酌をする習慣がないのだ。

かつて雄一は、同級生の父親の多くが一日の仕事を終えると飯の前に一杯飲むらしいと知り、なぜ酒を飲まないのか、嫌いなのか、下戸《げこ》なのか、父にしつこく訊いたことがある。父は少し困ったように笑った。

「嫌いな訳でないし、量も飲める。ただな、父ちゃんは鉄屋だ。いつ何時、爪に問題があるからと馬が持ち込まれるか分からんだろう。そん時に、酒に酔っぱらった状態で爪切れるか？　鉄ば打てるか？」

「酔っぱらわない程度にならら、ちょっとなら、飲んでも大丈夫なんでないの？」

「たとえ手元が狂わなくて済む程度の酒でもな、後々、馬の脚に難癖が出た時、あの時酒飲んだからだと思いたくねえんだ」

そう笑って陽一は自分の二の腕を叩いた。やっとこで押さえ、鉄を打つ父の腕は農家の男達にひけをとらず太くたくましい。その父親が誇る職責を雄一は完全に理解できないまでも、その頑固さにただ頷いた。そして、遠くからでも馬を連れて来て、何時間でも待ってくれる馬主の信頼を何によって得ているか、子ども心にもしかと学んだのだった。

○

馬糞風が少しおさまり、雄一の通う小学校でも新学期開始の頃よりも校内が落ち着いてきた。気候も穏やかで、子ども達は短い休み時間を惜しんで校庭に飛び出しては体を動かす。

学校が校庭の片隅に所有する畑もしばれが抜け、耕す時期になった。学習用の畑とはいえ、戦時中に食糧増産のために拡張された土地だったため、かなりの広さがある。教員や児童の手だけで耕しきれるものではなく、春のこの時期、学校近くの御木本《みきもと》という大きな農家の主人が、馬を一頭連れて耕しに来てくれていた。

子ども達は毎年、馬が学校を訪れる日を楽しみにしていた。特に雄一は自分の家で御木本の立派な馬の鉄を打っていることもあり、力強くプラウを引く姿が我がことのように誇らしく思えるのだった。

「あの、今年は小学校の畑、いつ耕しに来られますか？」

御木本の主人が所有する重種馬《じゆうしゆば》の鉄を履き替えに来た日、雄一は目を輝かせて訊いてみた。

「ああ今年なあ。学校の先生がたが忙しいらしくて、来週の土曜以外は都合が悪いんだと。けども、俺の方もその日は音更《おとふけ》に馬買い付けに行く約束あるから、馬ば先生方に貸して、あとは自分達でやってもらうことにしたわ」

「そうなんですか。馬はこの馬ですか？」

「いやこいつは音更に持ってって馬市で売るのさ。先週、ここで夏用の鉄に替えてもらった茶色のブルトンいたろ。去勢の。あれ貸すわ。去年も一昨年も小学校連れてった奴だし、馬も慣れてるから、大丈夫だべ」

「はあ、そうですか」

御木本のいうブルトン種の馬は雄一にも憶《おぼ》えがあった。重種馬特有の、筋肉のかたまりのような巨体と子どもの両掌を合わせても足りないほど大きな蹄を持ちながら、とても穏やかな気性の馬だ。

雄一は御木本があの馬と慣れた様子でするすると畑を耕していく姿を期待していたため、少々気落ちした。しかし、言われた通り先週来たあの馬は小学校の畑に慣れているのだし、大丈夫。何の問題もないだろう。その時はそう思っていた。

土曜の午後、授業が終わってから、雄一の担任である林《はやし》教諭が御木本の家から件《くだん》の馬を引いてきた。林はまだ若いが、実家が農家で、幼い頃から馬耕には慣れているのだと、大層自信があるようだった。実際、馬も安心したように落ち着いて彼に引かれている。

前日の夕方は雨が降ったが、この日は朝から晴れていた。畑の端で、学校が所有するプラウを馬に装着し、準備は整った。傍では児童や教員が固唾《かたず》を飲んで見守っている。子ども達の中には農家の子も多かったが、見慣れているはずの馬耕でも、学校の畑が耕される様子が面白いのか、目を輝かせていた。

「じゃあ、これから先生が耕しますからねー。みんなよく見ておくようにねー」

自信満々の様子で、林は子ども達に声をかける。馬はそれを合図と心得ていたかのように、鞭《むち》を入れられる前に畑を進み始めた。林が慌ててプラウの先を土に刺す。

馬の静かな歩みに合わせて、みるみるうちにプラウが硬い土に食いこんでいく。後には、土くれが荒く梳《と》かされたように地面に盛り上がっていた。一冬を越えて固く締まった土であっても、こうして幾度か往復すれば、土くれが細かく砕け、中に適度に空気が入り、作物を植えるに適した畑になるはずだった。

すごーい、とか、がんばれお馬さん、といった声援が子ども達から送られる中、雄一は密かに例年とは違う印象を抱いていた。

とても下手な耕し方だ。プラウは安定していないし、馬が歩くに任せっ放しで、土の硬いところ柔らかいところに合わせて緩急を付けられていない。当たり前だが、馬の主である御木本の親父さんが耕した方がずっと上手だ。

しかしそんなことを口に出せるはずもなく、林が危なっかしい癖に得意げな表情で馬を操るさまを、雄一は硬い表情で見守っていた。

「よーしいい調子だ。あれ、ちょっと待てよ」

急に馬が止まった。プラウからの抵抗が大きくなったようだった。昨日の雨を得て粘りがちの土に加え、プラウの角度が深すぎたせいだった。

「あれ。こうか、もうちょっと、こうか」

林はプラウの調節をし、これでよし、と馬に長鞭《ちょうべん》を入れた。馬は一歩動き、また止まる。

「どうした、大丈夫だから、このままさっさと歩けってば」

なおも一度、二度と鞭が入れられる。児童からは、「がんばれ、がんばれ」「へぼ馬か、ちゃんと引っ張れやあ」と無邪気な応援と野次が飛ぶ。

「歩け、ちゃんと行けっていうのに！」

林は顔を真っ赤にして鞭を打った。馬は観念したようにひとつ大きな鼻息を吐いた。それから、全身の筋肉をぐっと強張らせて前に踏み出す。いつの間にか浮いた汗が、腹の方まで垂れていた。

その瞬間だった。

べきり、と低い音が響いた。太く硬い木材が、非常に強い力で一気に折れる音に似ていた。そこにいるほとんど誰もが、プラウの芯材が折れるか破損した音だと思った。雄一だけが、その音を聞いて全身を粟立《あわだ》たせ、思考を完全に停止させていた。

人々の視線がプラウに集中する中、馬がいきなり前方に倒れた。つんのめるように前脚を折り、そのままズンと音を響かせてその巨体を土に横たえたのだった。

「ああっ」

最初に声を上げたのは雄一だった。続いて、児童達の悲鳴が上がる。その声の合間に、馬の尋常でなく荒い吐息が響いた。体を横たえたまま、四肢をばたばたと大きく動かし暴れている。左前脚の先で、蹄が明らかにおかしな角度を描きながらぷらぷら揺れていた。

「蹴られる！　危ないから、近寄るんでない！」

馬に駆け寄りそうになる子ども達を、教師らが慌てて制した。プラウを操っていた林は、顔面蒼白でふらふらと馬に近づこうとし、同僚の一人に体当たりされてその場にしゃがみ込んだ。

「誰か、山口《やまぐち》さん呼んで来て！　あと御木本さんに報せて！　早く！」

何も思考に上らないままで、雄一は気づくとあらん限りの声で叫んでいた。足の速い同級生が近隣に住む獣医師を呼びに走り、教師の一人はバイクに乗って馬主の家に報せに行った。残された子どもの幾人かは泣き叫んでいた。

雄一は茫然と馬の背中側に佇み、馬を見続けた。先ほどの木が折れるような不吉な音と、立てずにもがく馬をぐっしょりと濡らす汗が頭の中で結びつき、これから大人達が下すであろう決断を想った。

人間達が右往左往する中、横たわった馬はひたすら中空と地面とを空しく掻き続ける。折れていない三本の脚が土に触れ、蹄が表面を削り、畑の上には三つの痕が半円状に刻まれ続けた。

○

その日の夕刻、雄一は肩を落として帰宅した。

「お帰り。遅かったな」

父親は仕事を終えたばかりらしく、土間の上がり框で新聞を読んでいた。雄一がただいまの代わりに深く重い溜息をつくと、父は新聞から頭を上げた。

「どうした。元気ねえな」

「父ちゃん。御木本さんとこのでかいブルトンいたろ、栗毛《くりげ》で、玉ないやつ」

「ああ、あの大人しい年寄りがどうした」

「今日学校の畑ば耕しに来て、脚折った」

陽一は大きく息を呑むと、ゆっくり新聞を置いた。

「御木本の親父さん、音更の馬市行ってるはずだろ。誰が馬、引かせた」

「担任の林先生。プラウ使うのあんまり慣れてないみたいで、うまくいってなかった」

「で、馬は。駄目だったのか」

「駄目だった」

雄一は頷くと、つい数時間前に目の前で起こった出来事をぽつりぽつりと語り始めた。

かけつけた獣医師は馬をひと目見るなり、首を横に振った。御木本の家に走った教員は、留守番をしていた御木本の妻から、馬を楽にしてくれという指示を得た。山口先生がいるなら、薬を使って早く処置してやってくれという言付けと共に。

その頃には、児童のほとんどは帰宅していた。雄一はその場に残った。自分達の学校で災禍に遭った馬を見届けようという気持ちが半分と、自分の家と縁を持つ馬を身内のように思う気持ちが残り半分で、顔色の悪い林教諭に帰るよう促されても、頑としてその場に居残った。

もがく馬の動きはすでに緩慢になっていた。呼吸が速く、大きな腹がせわしなく上下する。流れ落ちる汗は次々と地面に吸い込まれていた。

山口獣医師は教師に言ってバケツに水を用意させると、自宅から持参した容器の中身を混ぜた。よく攪拌《かくはん》すると表面に泡が立つ。色はほぼ透明なままだ。それを、子どもの手首ほどの太さの注射器いっぱいに充塡《じゅうてん》し、馬の背中側に立った。

「いいんですね」

振り返り、一度だけ山口獣医師は言った。その場の責任者である校長が、無言のまま頷いた。

「では」

若い教師三名が馬の頭側に回り、力の薄れた馬の頭を地面に押さえつけた。なおも脚が宙を泳ぐが、もうさほどの力強さはない。押さえつけた教師のうちの一人は林だった。流れる涙もそのままに、顔を真っ赤にして馬の顎を地面に押さえ続けている。

山口獣医師はゆっくりと馬の首に注射針を刺し、中身を体内に注入していった。針を抜く頃には脚の動きはさらにゆっくりになり、荒い呼吸で上下していた腹も停止した。

「もういいですよ」という合図で教師たちが離れる頃、馬は完全に事切れていた。

雄一が事の詳細を語り終えるまで、陽一は一言も口を出さず、ただ腕を組んで下を向いていた。少しだけ躊躇ってから、雄一はどうしても父に訊ねたかったことを口にする。

「あの馬、もともと脚、悪かったの？」

「さあな」

簡素に過ぎる答えに、雄一は呆気《あっけ》にとられる。抗議の声を上げようとすると、遮るように父は口を開いた。

「脚に問題があったかなかったかと言えば、あったさ。ただ、あれぐらいの年齢まで使われた馬ならみんな、何かしら怪我なり爪に障害を抱えている。人間だってそうだろ。年をとれば痛みや辛さを訴えてばかりだべ」

「そうだけど……」

聞きたかった答えはそうではない。今回の馬の怪我は予め原因があってのことなのか、それとも学校での使い方が悪かったためなのか。たとえ自分が直接馬の死因に関わってはいないのだとしても、雄一は父の口から明確な答えが欲しかった。

「なんか、割り切れない。納得できないよ」

「納得、か。御木本の親父さんが引かなかったことも、原因ではあるかもしれない。でもそれだけでない。馬は、どうしたって死ぬ。みんなが納得できる死に方なんて滅多にない。誰かが一人で悪いわけでない」

陽一は新聞を折り畳んだ。二つ折り、三つ折りと、もう折れなくなるまで手の中で弄びながら、

「誰かだけが悪いわけでない」

もう一度、そう繰り返した。

労役に使われる馬達は、重労働と過労のために爪や関節に問題を抱えていることも多い。父は明らかに使役が過ぎる馬を見抜いているようだが、それを馬主に直接指摘して窘めるようなことはない。

「馬を使いすぎているのは馬主自身もよく分かっている。だが生活のためにはやむを得ないのだから、鉄屋こそが馬の負担を軽減してやればいい」。父は過去に一度だけ、雄一にそう語ったことがあった。

雄一はかつて言われたことを思い出しながら、馬に携わった者として責任の一端を静かに負っているような父の姿を見、それ以上は何も口を開けなかった。

○

次の日、予定を繰り上げて急ぎ帰宅した御木本の主人に、校長以下教員達は皆で謝罪

に行ったという。プラウを引いた林教諭は、薄給からの蓄えを御木本に渡そうとしたが、受け取ってもらえなかった。御木本は補償の一切を求めなかった代わりに、謝罪も受け入れず、皆を玄関前で冷たく追い返したと雄一は伝え聞いた。

子ども達の間でも、俺達も馬主さんに謝りに行こう、学校の畑を耕そうとして馬があなったんだから、という意見が自然と湧いた。だが、大人達が冷たくあしらわれたと聞き、その声はすぐに消え去った。

雄一は、もう自分とは関わり合いのないことだと思った。御木本のご主人が拒否した以上、関わることはできないのだ。そう自分に言い聞かせながら言われたとおり早退けして帰宅すると、父が出かける支度をして自分を待っていた。

「鞄《かばん》を置いて、お前も来い。これから、御木本さんの馬の葬式だ」

葬儀の場所とされる御木本の畑には、作業着のままの男達が十名ほど集まっていた。教師は一人も呼ばれていない。

畑の端には、雄一の背丈ほどの石碑がある。どこか遠くから持って来た石だという深緑のそれは、人の形に荒く削られている。馬頭観音《ばとうかんのん》を模して彫らせたのだと御木本は酒宴のたびに自慢げに言うが、それが本当に観音様の姿に似せられたものか、誰も知らない。

近隣の寺から呼ばれた住職はその真偽については何もふれないまま、石碑の前に急ぎ作られた祭壇に向かって、経を読み始めた。

僧侶が読経する中、参列した男達も神妙な顔で手を合わせていた。雄一も、父親の真似をして手を合わせ、目を閉じて長くたなびく読経の強弱に耳を傾ける。場所と参列者の服装こそ違えど、人の葬儀と同じだった。

しかし、しばらくすると、読経の合間に、男達の間でひそひそと交わされる声が聞こえてきた。

「いまどき坊さんに経をあげさせるなんてな。珍しいことだ」

「しかも経、長くないか。たかだか馬一頭のことで、どれだけ坊主に布施積んだんだか」

「それより、なんで薬使って殺したんだ。生きてるうちに首切ってメれば、欲しがる奴に肉配れただろうにさ。薬だら肉食われないでないか」

「それ言ったら、どうして皮剝いで売らないで、そのまま埋めてしまうんだ。折角いいエサもらって年のわりに張りのある大きい皮なのに。勿体ない」

囁《ささや》かれる言葉の数々に悪意の影は全くない。雄一にとっても、馬が事故に遭えば肉は欲しがる者に持たせ、皮は売って僅かなりとも金に換えるのはごく普通のことで、今回の葬り方には違和感があった。しかし、その丁寧さが、学校の過失であったゆえのことかもしれないと思い返すと、ただ読経を神妙に聞き、見よう見まねで馬の冥福とやらを祈るしかなかった。

読経が終わり、馬の墓穴をこしらえる段になった。御木本が言うには、あの馬を埋葬するには一番いい場所だからと、馬頭観音のすぐ近くを指定されて男達は支度を始めた。

雄一も僅かでも手伝おうと腕まくりをした。その時、人々の中心にいた御木本の主人と目が合った。湿ったことが嫌いで、いつも太鼓腹をゆさゆさ揺らして豪快に笑っていた男の目は赤かった。その視界に入った時、雄一のことを鉄屋の一人息子と思ったのか。それともあの学校の児童の一人と思っただろうか。読み取れないまま、御木本は雄一に背を向けて淡々と周囲に指示を出し始めた。

馬の死体は他の馬が二頭で引く馬車に載せられ、もう穴の前まで運ばれていた。顔にだけ、白い手拭いが載せられている。注射をされて、息絶えたあの時の姿勢のまま、横を向いて死んでいた。

「したら、やるか」

一通りの打ち合わせの後、男達はスコップを手にして作業を始めた。御木本が、くれぐれも指示した場所以外を掘りすぎてくれるなと注意をする。おかしなところを掘ると、過去に埋めた馬の骨が出てくるというのだ。言われて初めて、雄一はこの畑の下には数知れぬ馬達が眠っているのだと知る。静かな驚きはあったが、怖くはなかった。

スコップを手にしているのが五人。掘られた土が邪魔にならないよう、一輪車に積み直して少し離れた場所で山にしているのが五名。父子は土運びの方に加わった。

土は豊富すぎた雨を存分に吸って重い。さらに、少し掘ると粘土層が出てきたのか、余計に重くなった。掘る方も土を運ぶ方も大変で、皆上着を脱ぎランニングシャツ姿で、汗だくになりながら作業を続ける。

少し離れた場所で、御木本と経をあげた住職が穴掘りの進み具合を眺めていた。雄一がちらりと横目で見ると、その表情は二人ともにすっぽりと感情が抜け落ち、ただ人が働く様を観察しているようにも見えた。

穴は大きかった。横たわった馬が収まるようにと広く、犬やキツネが埋葬跡を掘り返さないようにと深く、時間をかけて掘られた。最後の方は穴の中に入って掘り進める人足の背丈よりも深いため、掘った土を勢いよく穴の外まで飛ばさねばならず、時間がかかった。終わった時には、一輪車運びをしていた雄一の二の腕はひどく痛んでいた。

穴が完成すると、僧侶がもう一度、馬の前で手を合わせた。それから、陽一が馬に向かい合った。一度長く両手を合わせると、持参した道具を使い、黙したまま蹄鉄を外し始めた。

生きている馬と違って暴れる心配がないため、楽な作業になるだろうと傍らで見ている雄一は思ったが、父の腕を以《もっ》てしても、投げ出された四本の脚から蹄鉄を外すのはいつもより時間がかかった。どうにも、枠場に縛り付けてある馬とは脚の角度が違うためだったようだ。

それでも陽一は冷たく重い馬の脚を抱え上げ、生きている馬にそうするように、丁重に作業をした。以前装着した蹄鉄と爪の間に特殊な刃を入れ、釘を切断するのだ。皆、黙ったまま陽一の作業を見ていた。示し合わせた訳でもないのに、まるで儀式の一つのように、ひとつ、またひとつと蹄鉄が外されていくさまを、汗が冷えるのも構わずに見守っていた。

通常より時間がかかったとはいえ、作業は十数分で終わった。陽一は、御木本に切断した釘の断片が刺さったままの蹄鉄を差し出した。

「ひとつは俺がもらっていいですか」

「おう、あんたがか。別に使い途がある訳でなし、構わんよ。何だ、熱し直してまた使うのかい」

「いいえ、一度打って馬に嵌めたのは二度は使わないんで。ただ、あのですね」

陽一は言いよどみ、少し間を置いてから続けた。

「事故で死んだ馬の鉄ってのは、厄除《やくよ》けにいいんですよ」

「へえ、そうなのか」

御木本は意外そうに蹄鉄を眺めると、陽一から三本を受け取った。近くで二人の会話を聞いていた男達が、じゃあ俺も俺も、と声を上げ始め、結局、御木本がひとつ、他二つは手伝いの男の誰かがもらっていった。


穴を掘った周囲が狭いせいで、死体を穴に落とすには馬に引っ張らせる訳にはいかず、結局、人力でやることになった。横たわる馬の前脚に縄をかけ、男達が穴へと引きずる。全員で、「せいの、せいの」と声を掛けあっても、大型馬の体は少しずつしか動かなかった。

死後硬直で固まった体は引っ張られても死んだ姿そのままで、関節はぴくりとも動かない。ようやく、首、肩、上半身が穴の上方へと差し掛かり、「あと一息だ、せえのっ」という御木本の掛け声で、死体はやっと穴の底に落ちていった。

雄一は馬から一番遠いところで縄を引っ張っていたが、馬が穴の底に落下した瞬間、どすりと地面が響くのを感じた。おそるおそる、穴へと近づいて馬の死体を見に行く。

「ああ、さすが、重かった」

「深く掘っといて良かったね。これだら、土入れても二メートルほど厚さあるから、犬でも掘り出せねえべ」

ひと仕事終え、汗を拭きながら息をつく男達をかきわけ、雄一はそろりと穴を覗き込んだ。

穴の底に、馬の死体が横たわっている。そのために掘られたものなのだ。当たり前のことなのに、それを目にした瞬間、雄一は息を呑んだ。

顔にかぶせられていた布がなかったのだ。縄で引っ張る際にはすでに外されていたのかもしれないが、距離を空けて縄引きを手伝っていた雄一は気がつかなかった。穴の底で、死んだ顔を晒している馬の姿は、雄一には否応なしに恐ろしいものに映った。

「目、閉じてる」

思わず率直な感想が口を衝《つ》いて出る。確か、畑で死んだ時には目は開いたままだった。あの時近づいた訳ではないので、自信はないが。

「普通、目、開いたまま死ぬもんだけどな」

いつの間にか隣に父が来ていた。

「死んで、まだ体が柔いうちに、誰かが閉じさせたんじゃないか」

「そうなんだ」

穴の縁に寄って陰になっているせいで、馬の表情までは分からなかった。雄一はもっと近くで見ようと、顔の側の縁に立ち、中を覗き込んだ。

「あっ」

一瞬のことだった。掘りだされた粘土に足がぬめり、上体を屈めて穴を覗いていた雄一の体は、簡単に中空へと投げ出された。小さな声だけで悲鳴を上げる暇もなく、不自然な体勢で落下した。

「雄一！」

「落ちたのか？」

視界が反転する中で、雄一は焦る大人達の声を聞き、それから自分の体の下に横たわるものに気づいた。雄一は馬の死体に乗っていた。ちょうど腹のあたりに落ちたのがよかったのか、痛むところはない。

ただ、腹でも馬の死体は硬い。板や石のような硬さではなく、弾力のある硬さだ。年末に農家からもらう、年老いた鶏の腿肉《ももにく》に似ていた。

そして、ひどく冷たかった。生きて、自宅の枠場に繋がれている時はあんなにも温かった馬の皮膚は、触れたところから雄一の熱を奪っていくように冷え切っていた。

雄一が身を起こすと、穴の上からは見えなかった馬の表情がよく分かる。目蓋を閉じ、口を少し開いている様は安心してよく眠っているみたいに見えた。

薄暗闇の中、雄一は手を伸ばす。馬の目蓋に触れる。その薄い皮膚も、その下にあるはずの眼球も雄一の指を冷やしたが、長く密生した睫毛だけは冷たくなかった。目蓋はもう硬直して、力を入れても開きそうにない。

雄一の目が薄闇に慣れると、口の端には血の混じった白い泡がこびりついているのに気づいた。そして、生きている馬の糞や体臭とまた違う臭いを感じた。他の何の臭いとも違う、鼻の粘膜にまとわりつく臭い。下水と漬物の水を混ぜると、こんな風になるのではないか。これが死と腐敗の臭いだと雄一が気づいた頃、頭の上から声がした。

「おい、大丈夫か、怪我ねえか？」

頭を上げると、穴の端から男達が見下ろしている影が逆光で黒く見えた。うち一人は父親であるらしい。穴に落ちても助けてくれと言わない様子の雄一を、皆心配しているようだ。

「はい、大丈夫です」

「そしたら坊主、丁度いいから馬の前脚にかけた縄、ほどいてくれ。そんで、そのまま縄にしっかり摑まれや。おじさん達で引っ張り上げてやるから」

「はい」

言われた通り、馬の左前脚にからめられた縄を外しにかかる。太い荒縄は前スネにしっかりと結ばれていた。雄一は、冷たく太い馬の前脚をしっかり小脇に抱えて固定すると、食いこんだ結び目をほどき始めた。

蹄鉄を外され、泥に汚れるだけの蹄が、スネとの間である繋ぎの部分を境に僅かに揺れる。死んで全身が硬くなっても、ここは動くもんなんだなあと雄一は妙な感想を抱いた。馬体に近い重さの荷物を運び、蹄鉄と脚とを繋いでいた部分だ。ここだけが生きている時とさほど変わらず、雄一が縄を外す間も中空でぷらぷら揺れていた。

硬く締まっていた結び目をどうにか外すと、雄一は「とれました」と男達に声をかけた。

「縄ば手にしっかり巻きつけろやあ」

雄一は言われるまま、さっきまで馬の脚を縛っていた荒縄を、今度は自分の腕に巻きつける。「いいですよ」と声をかけると、「よいしょお」と号令一つで、雄一は穴の外へと一気に引っ張り上げられた。ただし、穴の壁沿いに引きずり上げられたせいで、顔といい体といい、泥だらけになった。

「雄一、大丈夫か。水場借りて顔と体洗ってこい」

「いや、どうせまた汚れるから、洗うんなら後にする」

父親の勧めを断って、雄一は男達に混じって土運びを手伝い始めた。穴を掘った時に出た土を馬にかけて、今度は穴を埋め戻すのだ。地層ごとに出てきた粘土や砂や砂利を、順番など関係なく穴に投げ入れては数名でしばし踏みつけ固め、投げ入れては踏みつけ固めを繰り返す。

土の山を全て穴に戻した時には、もう夕暮れになっていた。巨大な馬を飲み込んだ穴の跡には、夕日に照らされた大きな土饅頭が鎮座している。

「馬一頭分、盛り上がってるわけだ」

雄一の隣で、父がぽつりと呟いた。読経も弔いも終わっているが、その場にいた全員が誰からともなく手を合わせ、夕方の畑に沈黙が流れた。

穴を埋め終わると、男達は皆御木本に促されて家へと上がった。襖を取り払った広い屋内で、男達がひしめきあいながら飲み食いが始まる。中には読経をした住職の姿もあった。

馬の弔いにと、近隣の農家や知り合いから持ち込まれた酒や香典を使い、馬の供養だとして催された宴会は盛大だった。特に暗い様子はない。むしろ明るい。

直会《なおらい》のようだ。

ふと雄一の中で、過去の記憶から似たような光景が言葉を結んだ。直会と同じだ。神社の行事の後で、神主も手伝いの男女も参加し、神事に捧げた酒をお下がりとして真剣に行われる宴席にこの場は似ているのだ。

ただし、神社の境内では扱われない死を中心として。お神酒《みき》ではなく弔いの金子《きんす》を酒に変えて。そうして男達が人ならぬものの命のためにやたら飲んでは騒ぐ。父も今夜は皆に混じって酒を飲んでいた。雄一は皆が弔っている対象を思い出していた。自分の身を受け止めた、あの馬の腹の弾力と共に。

今あれは土の下にいる。冷たく重い土を幾重にもかけられ、そのうち腐って朽ちていく。肉は土に。骨は骨として。もう人の目につくことはなくとも、横たわる馬そのままの姿勢で、骨は行儀よく土に埋もれたままでいるのだ。

土に埋められて目にすることがなかっただけで、今この町に埋められている馬は何頭いるのか。そして自分はそれを知らぬまま、何頭分もの馬が埋葬されたその上を、能天気に歩いていたのではなかったか。

人がひしめきあい、空気が薄く感じられる中、雄一はぼんやりとそんなことを思っていた。

しばらくして、雄一が男達の酒盛りを眺めながら太巻を頬張っていると、父が歩み寄って来た。先程からしょっちゅう酒を注がれていたが、顔色にも足取りにも変化はない。いつぞや、量は飲めると言った言葉は本当だったのかと雄一は密かに思った。

陽一はどかりと雄一の隣に腰を下ろし、腹巻から新聞紙に包まれた塊を取り出した。一緒に、父親の体から嗅ぎなれない酒臭さを感じる。

「お前にやる」

箸を置いて受け取り、包みを開くと、中からはまだ泥にまみれたままのあの蹄鉄が出てきた。

「俺がもらってもいいの？」

戸惑う雄一に力強く頷き、しかしそれ以上の言葉は重ねず、父は蹄鉄を改めて包み直し、雄一に握らせた。

「やあ、どうもね、この度はお世話様でした。坊ちゃんにまで来てもらっちゃって。穴に落ちた時、どこも打ってないかい？　体痛くない？」

「あっはい、大丈夫です、おかげさまで」

急に後ろから明るく声を掛けられて、雄一は驚きながら振り返った。

酒を運んだり、料理を追加したりと細々立ち働いていた御木本のお内儀《かみ》だった。雄一が馬の穴から助け出され、穴を埋め終わった後、桶に湯を用意して手拭いを貸してくれた人だった。

「このたびは、本当にご愁傷様でした」

神妙に畳に手をつく父親に倣い、雄一も頭を下げた。自分もあの小学校の子どもであることは知られているだろう。そのまま、下だけを向いていたかった。

しかし御木本の妻は存外明るい調子で「まあまあ、仕方ないですよ」と笑った。

「うちの人は自分がいない時にああなったから、多少落ち込んでましたけども。そりゃ、馬死なないにこしたことないけど、あれは今まで十分頑張ってくれたからねえ」

しんみりとした様子で頷くと、「ああほら、折角だから食べなや」と、近くにあったいなり寿司の皿を雄一の近くに置いた。

「それこそ鈴木さんとこで何度も鉄打ってもらってねえ。だからよく働いてくれたんだわ」

「こちらこそ、いい仕事さしてもらいました」

陽一は静かに頷くと、それからぽつりと呟いた。

「いい馬でした」

それを聞いた途端に、微笑んでいたお内儀の目からぼろりと水滴が落ちた。

「本当に、いい馬でした」

一言一言、石に刻むように放たれた陽一の言葉に、お内儀は手拭いで目を押さえて俯《うつむ》いた。そのまま、「子っこの頃からねえ。大人しかったの。言うことよくきいたの」と手拭いごしに上ずった声が聞こえる。

「宝馬だったさ。うちにとって、宝馬。あれが死んで痛ましいけど、でもいい馬だったからこそ、うちの厄やら報いやらをさ、あいつ代わりに引き受けてくれたんでねえかとも思うんだわ」

いつの間にか、お内儀さんの周りでは男数人が酒の杯を置いて聞き入っていた。赤ら顔で、しかし目を閉じ、誰もが頷いては喪失の言葉を無言のまま肯定する。

「言わねえだけで、お父ちゃんもそう思ってる。普段からこき使ってたくせに、勝手だ。阿呆《あほう》だな。ほんと、あたしら阿呆だ……」

「ああ、俺ら人間はみな阿呆です。馬ばかりが偉《えれ》えんです」

父親の声は、鉄を打つ時に馬を落ち着かせる時の声音に似ていた。結局、馬が死んだことで涙を見せたのは、自分達児童と、林と、このお内儀さんだけだと雄一は思い至った。

男達が流していたのは汗だ。馬を地に深く埋め、土に滴り、ともに還る。それだけだ。それが全てだった。

腹が膨れ、日中の疲れがぶり返す中で、いつしか男達の酒宴を遠く聞きながら雄一は舟をこいでいた。

夢の入り口で、さっき穴に落ちた時の情景を強いて思い描く。冷たい馬の腹の上で、穴の底に馬と共に横たわっている様子を。

馬と雄一の上に土がかぶせられていく。砂も泥も粘土も、あらゆる質の土が一緒くたに降り注ぎ、馬と自分の姿が消えていく。光はなく、空気もなく、ただ静かだ。自分の体温も消えていく。けれど土は温かだった。温かに自分と馬とを抱え、その温もりの中で馬と自分とが腐れていく。穴の底で嗅いだあの臭いと、かすかに男達の汗の臭いがする。輪郭が失われ、肉は砂に溶ける。かろうじて残った骨も泥の中で沈黙する。夢の中で馬と共に消え去りながら、雄一は満たされていた。これでいい、こうあるべきだ、という思いがあった。馬とともに。今。ここで。

「おい、もう帰るぞ」

強く揺すぶられて頭を上げると、目の前には父親がいた。周りでは男達が帰り支度を整え、女たちが空になった猪口《ちょこ》や皿を片づけている。

夢だったのだ。夢でしかなかったのだ。

「寝ぼけてねえで。寝るなら、家帰ってから寝ような」

促されて、雄一はのろのろと立ち上がった。膝の上に載せていた蹄鉄が滑り落ち、素足の親指を直撃する。

「あ痛《いて》えっ」

「大丈夫か、気を付けろよ」

鋭い痛みで完全に目が覚めた。痛むだけで怪我はないようだが、それでも鉄の塊が落下しただけに指先がじんじんと痛む。雄一はそれを拾い上げる。

埋められないまま残された蹄鉄は、雄一の手の中でひたすら重く、冷たかった。

○

背後の軽自動車から幾度もクラクションを鳴らされて、雄一は我にかえった。目の前の信号はすでに青に変わっている。慌てて発進しても、鈍重なダンプはなかなかスピードが上がらず、タイヤが動いているのになお後ろの車はクラクションを鳴らし続けていた。

雄一は後ろの車に苛つくこともなく、ハンドルを握りながら先ほどの馬と荷車を思い出していた。あの老人が廃業したら馬はどうなるのだろう。考えても、もう馬と縁などない自分には関係がなかった。

それより、作業が終わり会社に帰ったら先ほどの同僚に厳しい視線の意味を問われるだろう。その煩わしさを想像して、雄一は煙草の煙を吐いた。もう怒りは感じない。記憶の底から馬達のことが蘇った今、ただただ空《むな》しかった。もうすでに自分は馬のことで怒れる立場ではなかった。

雄一が学校を出るまでに、馬の仕事は次々に車に取って代わられていった。農耕はトラクターに。運搬はトラックに。より便利かつ効率的に働ける手段を提示されたら、人々は簡単にそちらに傾く。誰にも抗えることではなかった。

陽一は馬が消える前に蹄鉄屋を畳んだ。周囲には相当惜しまれていたが、当の本人は「痛ましがられてるうちにやめとく方が潔いさ」と、存外からりと言っていた。父親の湿り気のなさは雄一にとっては不可解でもあったが、先のない馬関連産業を自分が継ぐと言ったところで、困らせるのは明らかだった。

結局、店仕舞いをした父は早々に運転免許を取り、実家は今も江別で、鈴木運送店として小さな運送屋を営んでいる。雄一も手伝うつもりで運転手の道を選んだが、父の跡を継ぐよりも他所で働いて金を入れた方が孝行になると気づき、札幌市内で大手のトラック会社に勤めてもう十年にもなる。

雄一は次の赤信号で助手席の座面と背面の隙間に手を突っ込んだ。硬い感触に指をかけて引っ張ると、古い蹄鉄が引き出された。

父の勧めで、お守りとして常に車に載せている、あの時の蹄鉄だ。

馬は町からほぼ姿を消した。さっき馬と荷車を目にして、雄一自身、競馬場以外の場所で馬を見たのは久々だった。もう蹄鉄屋も馬具屋の看板も見かけることはない。

今思うと、お内儀さんが流したあの涙が弔っていたのは、きっと馬だけではなかった。馬主も、男達も、父も、馬やそれまでの自分達の暮らしのありかたが今後消えていくことを、どこかで知っていた。それゆえのあの丁重な埋葬、それゆえの高揚した宴《うたげ》だったのだ。

今と比べると不便で、どこか理不尽だったあの頃を思い出しながら、雄一はダンプのハンドルを握り続ける。タイヤが路面を削っていく。

今は車が通り、表面をアスファルトで覆われてしまった土の下、そこかしこにかつての馬達が眠っている。

馬だけではない。雄一はかつて自分が馬の穴に落ちた時のことを思い返した。そしてそのまま土をかけられ埋められた感触も。夢でありながらなお、土の温かさは生々しさを失わずに身の内にある。自分の一部は、確かにあの夕方、馬と共に埋葬されたのではなかったか。

古い時代に生きた過去の人間やその汗と共に、穴に落ちた自分の一部を封じ込めて。失われ、二度と蘇ることのないまま、泥の中で温かく腐れて溶けている。

雄一は煙草の煙を吐き、アクセルを踏んだ。助手席に置いた蹄鉄が音もなく揺れる。排気ガスと粉塵に塗れた黒く埃っぽい春の中、車ばかりが走り続ける。もう馬糞風が吹くことはない。

土に贖《あがな》う

ここで働く男達の爪はあちこち黒い。大抵は、レンガで指を挟んだ部分だ。最初のうちは常に悪態を吐きたくなるほどずきずきと痛むが、そのうち麻痺《まひ》することを吉正《よしまさ》は知っている。下から新しい爪が生えてくる頃には、あっさり腐って剝がれていくのだ。その新しい爪も、またしょっちゅう挟まれては腐れる。その繰り返しだ。

まだ無事な指は、切りそびれた爪の間にみっしりと土が詰まっている。畑で作物を養うような黒土ではない。灰色の粘土。亀の子タワシで爪と肉の間を血が出るまで洗っても完全にとれることはなく、結局爪先を粘土色に染めたままの指で、食事も女を抱くこともする。それが、吉正が働く〝レンガ場《ば》〟の男達の爪だった。

レンガ工場のことを人々はレンガ場と呼ぶ。昭和二十六年、札幌近郊の江別町西部、野幌《のっぽろ》地区にある太田《おおた》煉瓦《れんが》工場は需要に沸き、多くの人々が働いていた。

佐川《さがわ》吉正はすっきりと晴れた夏空の下、腰と全身を伸ばすついでに一瞬だけ自分の両手に目をやる。頭目という名の現場責任者である彼は、現在、指を挟むようなことはない。かつて下方《しもかた》として実際にレンガを運搬していた頃に経験した痛みはもう遠い。

吉正は大きく息を吐ききってから、意識して肺を広げ空気を吸いこんだ。レンガ場特有の、乾いた粘土の粒子が石炭の煙臭さと共に体の内側に張りついていくようだ。

「ああ、喉、渇くな」

人に聞こえない程度の声で呟きを漏らす。レンガを干すのに絶好な好天であるうえ、すぐ隣の建物では常に高温でレンガを焼いているのだ。休憩時間にがぶがぶと水を飲んでもすぐに喉は渇ききる。そんな中で下方らは懸命に働いているのだから、頭目の自分が彼らの見えるところで水を飲む訳にもいかない。吉正は唾を呑んでやり過ごした。自分が下方だった頃、人に構わず酒入りの水筒を手放さなかった頭目にこき使われていたから、自分は絶対ああなるまいと誓ったのだ。

吉正はもう一度、深呼吸とも溜息ともつかない息を吐いてから、自分が今立っているレンガ干し場の作業を眺めた。

近場の採掘場から掘り出し、機械でざっくりと成形した粘土を、女工達がシッペ板と呼ばれる木の板でペチペチと整えていく。皆が皆、同じ動きを繰り返して綺麗な直方体になるよう角を揃え終わると、男達がその形を歪めないように気を遣いながら陽光降り注ぐ干し場に並べていく。皆が着ている〝佐川組〟と染め抜いた青色の組半纏《くみはんてん》は、強い陽光で焼かれて浅葱《あさぎ》色に薄れてしまった。それでも皆、額の汗を拭わぬまま黙々と各々の作業をしている。吉正は全体を見回しながら、仕事の流れが滞らないよう、下方達が手を抜かぬよう気を配っていた。

ふと見下ろした先、彼らが干し上がったレンガを運ぶ動線上に、どこから飛んできたものか薄い木の板が落ちていた。吉正は粘土臭い空気を肺いっぱいに吸い込む。

「おう、そこ！　木端《こっぱ》ぁ落ちてっから拾っとけよう！　こけてレンガ駄目にしたらつまんねえぞ！」

声を張り上げると、すぐに手の空いた下方が会釈をしながら板を拾った。頭目はただ威張っていること、現場の進捗を見守ることだけが仕事ではない。自分が下方であったとき、頭目にどんなことをどんな風に指示を出して欲しかったか。常にそれを心に置いて監督するよう努めている。

「おうみんな、もう少ししたら休憩だから、あとひとふんばりだ！」

声に驕《おご》りが混ざらないように皆を煽ると、下方全員と女工達全員が「はいっ」と一斉に返事をする。その声の張りに、吉正は満足し安堵《あんど》した。

吉正は太田煉瓦工場に十名いる頭目のうちで最も若い。下方あがりで、まだ三十歳過ぎだというのに責任を負う立場になったのは昨年末のことだ。下方同士でそれなりに信頼を集めていたからかもしれないが、単に古参の頭目の一人が卒中で急死したからだと吉正は思っていた。いくら会社に求められて任ぜられたにせよ、これまで体を動かす側だったものが、急に人を使う側に立ち、吉正にはどうにも居心地が悪い。

これは頭目を任される際に事務方が言っていたことだが、吉正が下方時代にレンガ作りの工程を一通り経験していたことも大きかったらしい。山中から粘土を掘り出し、馬が引く無蓋《むがい》貨車に載せて作業場へと運ぶ。積んだ粘土を今度は機械にどしどしと放り込んでレンガの原型となる直方体の塊を作り出す。主に女達が細かな成形をした後に天日で重量が落ちるまで干し、窯に石炭をくべながら高温で焼成する。どの作業もそれぞれに体力を使う工程だ。

吉正は体力があるだけの愚直な男だが、下方だった頃、どの作業も少しばかり真面目に取り組み続けた。その結果頭目として取りたてられることになったが、頭目になるぐらいなら下方のままで構わないから賃金を上げて欲しかった、というのが吉正の本音だ。頭目として日を重ねた今も、その思いは消しきれない。

とはいえ、一度引き受けたからには下方の前でそんな本音はつゆほども出す訳にいかない。現場を見回る自分の視線を気にしながら、佐川組四十人の下方は休みなく働いている。下方に数えられない女工達の中には、吉正の妻、真津子《まつこ》もいた。その妻ですら、他の女工と同じに吉正の頭目としての目配りを気にしているのだ。家に戻れば真津子に日和見《ひよりみ》亭主だとか茶一杯自分で淹れない癖にと零されることもあるが、職場ではあくまで吉正が頭目なのである。

八月に入ってから続いている晴天のために、干し場では機会を逃すまいと早朝から夜まで働き通しだ。北の太陽は惜しんでいた陽光をここぞとばかりに照らしつけ、掘り出された粘土を乾かしていく。乾いて色を変えた土がまた陽光を反射し、その熱が人々の肌を深く焼いた。

「ああ、畜生、俺また焼けて肩の皮が剝け落ちた」

「絶対に自分で剝くんじゃねえぞ。風呂入ったら痛《いて》えんだそれ。地獄だ」

「うへえ」

下方同士でそんな会話をしながら、皆、ランニングシャツから突き出た肩や腕を見せ合っている。夏の最初にはレンガ色をしていた彼らの皮膚は、やがて褐色に、そして皮が剝けてまた赤くなっていた。

干し場の働き手は皆、休日をここしばらく返上させられている。皆こうなのだから、と思えば文句を言う者は出てこない。追い詰められた連帯感がそこにはあった。

吉正も炎天下に立ち続けているのは同じだが、体を動かさないでいい分、単純に楽ではある。ただ、皆が働き続ける中で自分だけ監視する側に立っているのはどうにも尻の据わりが悪い。それを愚痴として真津子にも吐き出せないまま、吉正は頭目として初めての繁忙期をやり過ごしていた。

干し場で吉正が監視しているのはレンガ干しの作業だけではなく、白地背負《しろじせお》いと呼ばれる工程も含まれる。熱を入れる前に乾かした粘土を背負子《しょいこ》で十個二十個と背負い、窯へと運ぶ作業だ。輪環窯《りんかんがま》と呼ばれる巨大な窯を内蔵した建物は、中央に三十メートルもの大きな煙突を有し、遠くからでも「あそこにレンガ場がある」と分かった。

煙突はレンガを焼く石炭の煙を途切れることなく吐き出し続けている。もっとも、重いレンガを背負い、縄を肩に食いこませながら干し場と窯を往復する白地背負いはその立派な煙突を見上げる暇もない。上体を屈ませて重荷に耐え、目に入るのは地面の色ばかりだ。

吉正は汗みどろの男達が滞りなくレンガを運ぶ様子を確認しながら、かつて自分がその作業を負っていた頃のことを思い返す。くたびれきったランニングシャツと作業ズボンが肌に張りつく気持ちの悪さ。あの頃、仕事終わりには子どもを連れて銭湯に行こうという思いが作業中の心の支えだった。

「ほれ、さっさと歩こうや。そんなトロトロと動いてたら、ノルマこなす前に日ぃ暮れちまうぞ」

吉正は声を張った。先週入ったばかりの新人に向けてだ。

新人とはいってももう初老の男だ。渡《わたり》という。窯から干し場に戻ったばかりの渡は、荒い息を吐きながらレンガを背負っていた。

「ノルマ終わんなかったら、明日もっと辛いことになるんだ。気ぃしっかり持って、転ぶなよ。転んでレンガ駄目にすんでねえぞ」

「へえ、気、つけます」

渡は頷きながら、一歩一歩を踏みしめていた。辛いのは分かる。だがノルマが終わらなければもっと辛くなるのは本人だ。頭目の中には威張って怒鳴り散らすことを最上の喜びとしているような古参もいて、かつて吉正もそういった下衆《げす》に苦しんだ。故に頭目として過度に叱るようなことは避けたいが、偉ぶって尻を叩くのも仕事のうちではある。近くを通り過ぎる下方に聞こえないよう、吉正は息を吐いた。そして渡の言葉を思い返す。彼の話す言葉の抑揚は聞き慣れたものと違う。戦時中、配属された中隊であれと同じ感じで喋る奴がいた。確か関西の出身だと言っていた。

黙々と作業を続けられることが最大の雇用条件であるレンガ場の仕事は、素性が分からないまま流れてきた者も多い。吉正も最初はその一人であった。

吉正のもともとの生まれは網走《あばしり》の貧しい畑作農家だ。男ばかり五人兄弟の四番目で、かろうじてましな収量の年と冷害の年とを繰り返しながら、飢え死にしない程度の暮らしをしていた。戦争が始まると、上の兄から順々に兵隊に取られ、家族は食い扶持が減るからとむしろ喜んで送り出した。

畑で泥にまみれるのと兵役とでは、吉正にとっては誰に労《ねぎら》われるわけでもないという意味では大差なかった。体の頑丈さが幸いしたか無事復員し、身ひとつで日雇いをしながら関東を廻《めぐ》り、あまりの夏の暑さに南洋の戦場で起きた諸々を思い出して本州に嫌気が差した。

故郷に居場所があるとも思えなかったが、それでも北海道の気候は吉正の肌に合っていたのか、畜産に畑作にと、道内で戦後さまざまに発展した産業を短い就業期間で渡り歩いた。そうして四年前、ここ野幌のレンガ場へとたどりついたのだった。

たまたま同じ干し場で働いていた真津子と懇ろになり、子どもができてつつましく所帯を持ってからは他に移ろうという気持ちは湧かなくなっていた。それはそれで良いと吉正は思っている。

他の地へと執着しないことと、今いる場所へ絶対的に根を張ることは同じことを意味しない。その気になれば妻子を連れてどこまでも行ける。そう思うことが、かえって動かずにいる時間を長くした。ほんの腰かけのつもりだったレンガ場での勤めは、一年二年と増えて五年目の今へと至る。

御一新以降、西洋建築の導入が進み、建物に橋にトンネルにと、レンガの需要はうなぎ上りだった。そんな中、野幌丘陵では表面の土を少し削るだけで豊富な粘土がすぐに顕《あらわ》れる。厚いところでは三メートルにもなる層は純度も高く、レンガの原料として最適であった。

良質の原料が近隣で安定して採取できる上、野幌は昔から豊かな森林に囲まれていて燃料の薪にもこと欠かない。さらには札幌への距離も近い。野幌はレンガ生産の地として適していた。明治二十四年に江別太《えべつぶと》で最初のレンガ工場が作られたのを皮切りに、明治三十年以降は続々と工場が増えていった。

北海道においては西洋農法が取り入れられたこともあり、家畜飼料の貯蔵庫であるサイロの建材にもレンガは広く必要とされていたのだった。

関東大震災でレンガ建造物に壊滅的な被害があり、レンガ生産は一時打撃を受けたが、戦後需要の広がりもあり、吉正もその評判を聞きつけて野幌まで流れてきた。吉正のいる太田煉瓦工場でも年どころか月を追うごとに賑わっていくばかりだ。昭和二十六年の今も、急に従業員が増え、知らない顔も多くなった。

「戦争は終わったのに、違う戦争が始まってるみてえだ」

下方らの作業を見渡しながら、吉正は小さな声で呟いた。志した者、他に選択肢がなかった者、素性を問わない多くの男達を集めて、どこまで肥大するか分からない事業を手がける。その一番下ではなく、一段だけ高い場所に立っている自分の足下が、ひどく心もとないもののように思えた。

これからもレンガ産業は大きくなり続けるのか。吉正はこの先の展望を知らないし、考えない。ただ流されるだけだ。余計なことを考えれば重心が崩れて一気に堕《お》ちる。だから、考えなくていい。黙々と働ける体があり、皆と同じように働く限り、食えなくなることはない。それは吉正にとってひとつの希望だった。


夏の日は長い。太陽が沈む頃、今日干し上がった最後のレンガが窯へと運ばれていく。吉正は毎日の習慣として、最後の運搬に付き添った。案の定、慣れない仕事で進捗の遅い渡が担当だった。

「渡。これが今日最後の仕事なんだから、しくじるんでねえぞ。これ終わったら、帰れるんだからよう」

「はい。わかってます」

作業の終わりをちらつかされても、渡の声に嬉しさはない。明らかに力のない足取りから少し距離をとり、吉正はついて歩く。この男がレンガ場で働くことになった経緯は誰も知らない。お互い出身地と、兵役に就いていた者は所属を言い合うことはあったが、余程のことがない限り来し方については深く問わない。故に今の吉正は、頭目としてただ渡の仕事ぶりを監視するだけだ。渡の荒い呼吸を聞きながら、これで今日は終わりだから辛抱してくれ、と願った。

窯のある建物の内部は暑く、やっと涼しくなった外気で乾いた汗が再び噴きだした。かつてのレンガ作りでは薪を使っていたが、現在は石炭を用い、輪環の名前の通りに焼き上がるはしから新しいものを焼成していくから、窯焚《だ》きの現場に携わる人間も少しの休みもなく働き続けていることになる。窯の仕事に合わせてか、臙脂《えんじ》色の印半纏を着た作業員達はそれでもきびきびと動いていた。

「はいこれ、今日最後です」

「おう、さっさと置いてきな！」

渡の弱々しい声に、窯焚きの頭目ががらがらとした声で応じた。ただでさえ暑い中、窯の担当たちは炎相手に長時間仕事をしているのだ。いくら普通の働き手よりも給金がいいからといって、並大抵のことではない。レンガ作りの一通りの仕事を体験した吉正が、唯一音《ね》を上げ、配置の転換を懇願しそうになったのが窯焚き作業だった。

渡は空になった背負子を足元に置き、窯のほうを眺めている。

「おう渡、ご苦労さん。今日はもう上がっていいぞ」

「へい、ありがとうございます」

返事をしても、渡は足を動かそうとしない。疲れた腕をだらりと下げ、体は猫背になったまま、顔だけは真っ直ぐに窯の方を見つめている。だらりと開かれた口から、舌の先が見えていた。

「おい、渡。帰って少し休めって」

「はあ」

気の抜けきった声を返すが、渡の体は動かない。吉正が「おい」と硬い声を掛けると、ようやく、渡は吉正の方を見た。

「ねえ、頭目」

「どうした」

体は襤褸《ぼろ》切れのように疲れているだろうに、渡の目は窯の火を映して力が宿っているように見えた。何を言うのだろう、と構える吉正に、全ての爪が黒く潰れた手を伸ばして、窯の方を示す。

「あの仕事、ええですよね」

「窯焚きの担当がか？」

思わぬ言葉に、つい怪訝そうな声が出た。窯焚きの担当はレンガの工程において最も大事であり、花形ともいえる仕事だが、生半可な体力では務まらない。それ故に高い賃金を約束されている職場でもある。渡の憧れはそこか、と吉正は見当をつけた。誰かから、あいつは賭博の癖がひどいと聞いたことがある。

「渡、給金上げてほしいのか」

「いや、そうじゃねえです」

予想に反して渡は力なく首を横に振った。

「格好ええなって。ただ、そんだけです」

それだけ言うと、渡はくるりと方向を変えて長屋の方へと歩いて行った。ゆっくりと遠ざかる猫背を眺めながら、吉正は渡の意図について考えていた。花形の仕事に憧れるという、子どもじみた羨望は分からなくもない。だが実質、レンガ運びでも難儀しているあの体力ではどだい無理な話だ。

妙な憧れは忘れて、今夜は賭場に赴くことなく風呂に入り、飯を食い、ぐっすり寝るといい。吉正は渡の姿が見えなくなるのを見届けながら、明日の仕事に影響を残すことのないよう願った。

吉正は大きく息を吸うと、吐く息に紛れて今日何度目かの溜息をついた。下方の時よりも体を動かしている訳ではないというのに、疲れた。腰、肩、膝。関節という関節が固まり、全身の筋肉が変な具合に軋む。これならば普通に体を動かして働いていた時の方が良かったような気もする。

頭を上げると、建物に入った時には目に入らなかった輪環窯の全体が見える。窯の入り口は三メートルぐらいだろうか。完全な円形ではなく、少し曲がった半円状をしている。北海道に戻ってから農家で働いた際に見た、駒形屋根の形に似ていた。

その中に、職人達の手によってどんどんと成形された粘土が運び込まれ、てきぱきと重ねられていく。一度に大量の粘土を焼き上げる仕組みに、思わず吉正は「大したもんだよな」と呟いた。これだけ一気に焼けるならば、会社がどんどん人を使って生産性を上げたがる理由も分かる気がする。

ぐるりと周囲を見渡せば、他の組が焼き上がり冷めたレンガを外へと運び出している。レンガの他にも、同じ色をした円筒状の焼き物もあった。土管だ。

粗く素焼きされた粘土の管は、畑の暗渠《あんきょ》として埋めれば表面の小さな孔《あな》から土中の余計な水分を内部に吸収し、排水してくれる。低湿地を農地に開墾するにあたり、欠かせない存在だった。

吉正も富良野《ふらの》地方の農家に働きに出た時に、その土管が土に埋められているところを見たことがある。自分がまだ実家にいた子どもの頃、この土管があったら低地で耕すのに難儀した畑も少しは収量を上げることができただろうか。兄達が徴兵された時に親から少しは惜しんで貰えたのだろうか。そんなことを考えていると、後ろから強めに肩を叩かれた。

「おう、佐川の。お疲れ」

全身を汗だくにした、田代《たしろ》という頭目だった。窯から焼き上がったレンガを運びだす部署の頭目をしている。吉正より一回り年齢が上だが、窯の近くで作業する暑さの中、自分より元気なように吉正には見えた。

「ああ田代さん。お疲れさまです」

「今日、会議室で集まりあるべ。来るだろ」

「そうでしたっけか。……はい、行かねばですね」

言われた通り、今日は会議室で頭目を集めた会があることをようやく思い出した。

「おいおいお前、前回忘れたとか言って来なかっただろうが。今日は作業のノルマと今後の受注確認するんだから、来いよな」

「はい、わかりました」

絶対だぞ、と田代は言い置いて去っていった。足取りは軽い。夜の集まりは茶の代わりに、僅かだが酒が出るのだ。

吉正にとって、頭目として参加せねばならない会は気が重い。できることなら忘れたふりをして息子と風呂屋に行ってこの不快な汗を流し、体を横たえさっさと寝てしまいたい。

「そうもいかねえべな。……しょうがないか」

自分を納得させるように言葉に出し、首を反らした。夕暮れの赤と群青の混じり合った空の真ん中を、レンガを焼く黒い煙が墨のように漂っていった。

「ええー、今日も一日、ご苦労さんでした」

しわがれた最古参の頭目の一言のあと、会議室とは名ばかりの空き部屋に顔を揃えた十名の頭目達は「ご苦労さんでした」と声を合わせた。

誰もが作業が終わってから着替えることもなく、せいぜい顔を洗って来たぐらいで、狭い空間はむっとした汗臭さに満ちている。入り口で立っている事務長だけが皺ひとつない背広を着て涼しい顔だ。

それでも、手にした湯呑みになみなみと注がれた酒が嬉しいのか、皆の顔は明るい。

「じゃあまあ、乾杯の前に一言。どこの組も予想してたことかと思うが、来期、ありがてえことに注文受けたレンガの量が増えた。当然、今の内から働く量も増えるが、皆、下方と共に一致団結して頑張って貰いてえ」

現場で怒鳴り散らして鍛えられた最古参の声には張りがある。室内に不満の声は響かない。しかし、現在でも相当に無理をしているというのに、これ以上の増産などできるものかという、酒で隠し切れない不服な表情が皆の顔に浮かんだ。

最古参はそれに気づいていないのか、それともわざと無視しているのか、駄目押しのように声を張り上げた。

「ええとな、分かってると思うんだが、我々が焼成したレンガはあらゆる建築物として市井の皆々様のお役に立つのであって……」

吉正の隣で酒を舐めていた田代がふっと小さく鼻で笑った。

「言葉だけはお綺麗なことをズラズラと」

「聞こえますよ」

吉正が小さく窘めると、田代は肩を竦めてさっきよりも大きく息を吐きだした。

「増産の予定だけ伝えて、人員の補充や大型機材の導入について言及しねえってことは、現状の生産体制のまんま現場の人間が働く量を増やせってことだろ。人の役に立つモン作ってるかなんか知らねえが、その陰で現場の人間は何処《どこ》までいっても働き蟻《あり》だよ」

事実だ。田代が声音を抑えて話す言葉は、実に尤《もっと》もだ。吉正が咎める言葉を失っているうちに、田代は乾杯の済んでいない酒を飲み干した。そして、俺らは働き蟻の首を絞める頭目サマだよ、と小さく吐き捨てた。怒りが染み出た目をしていた。

翌週から各組に課せられたノルマは増え、就業時間は長引くことになった。吉正は朝の顔合わせで佐川組の下方と女工達全員にこれまで以上に作業量が増えると簡潔に説明した。

「仕事は増えるが、各々、ちゃんと水飲んだり飯食ったり、自分で管理できるところは管理するように。また、共に働く奴の状態にも注意してやれ。全員で頑張って、少しずつ生産性を上げればうちの組全体で十分にノルマは達成できる。頑張ってくれ」
月並みな鼓舞の言葉を責める声はなかった。しかしやはり、各々の目には不満が宿っているようで、吉正は表情を変えぬよう努めるのが精一杯だった。

佐川組の受け持っている干し場は太陽が出ている間が作業の要《かなめ》となるため、雨で干せない日や暗くなってからは他の部署へと人員を回して作業を手伝うことになる。陽が落ちた後に、自分達の仕事で疲れた体に鞭打って慣れない作業へと向かう下方達の背中はいつも小さい。派遣された部署での作業を終えた後は自分のボロ家に戻り、数時間ぐったりと眠っては、また朝早くからレンガ場に出るのだ。日に日に疲労は溜まっていった。吉正達の組のみならず、他の連中も同じ有様だった。自分のところの仕事が終われば手が足りない部署へと向かわせられる。要領のいい者は自分達の仕事をゆっくり行って最終的な作業量を減らそうとするが、吉正ら頭目はそれを許す訳にもいかない。各組あちこちで怒号が飛び、その度に下方達は疲労を募らせた。

昼に労働者達が集まる食堂でも、疲労からか飯を残す者まで現れた。吉正も立ち続け監視し続けの日が続いているせいか、麦飯を口に入れたまでは良いがなかなか飲み下すことができない。乾いた飯粒をひたすら噛んでいると、背後の席からひそひそとした声が聞こえてきた。

「おう、昨日の午後さ、粘土が干し場に来なかったろ。あれ、何が原因か聞いたか？」

「知らん。どうした？」

「原土ば掘り出して運んでる途中で、貨車引かせてた馬がごねたんだと。それで、軌道を外れて、荷物と馬が土手の下にガッシャーンと」

「げえっ、それで、どうなった？」

「馬、死んだそうだ。なんか、暴れる前から口からダラダラ泡垂れ流してて、こけて死んだ後に誰かが体触ったらなまら熱かったと」

「暑さでのぼせたのか。おっかねえな」

おっかねえ。話に耳をそばだてながら、吉正も全く同じことを思っていた。自分が以前やっていた粘土を掘り出してレンガ場まで運ぶ作業は、確かに不慮の事故があとを絶たない。しかし、貨車を引く馬が暑さで死ぬとは、聞いたことがない。増産に伴い休息を与えず働かせすぎたのか。レンガを増産したところで餌を増やしてもらえるでもない。馬にしてみれば、いい迷惑だろう。考えにふけるうちに、背後の声はいっそう潜めて続けられた。

「次は俺らかもしんねえなあ」

「何を。縁起でもねえ」

「したけどよ、俺らも馬と同じかそれ以上に働いてるべよ。いつぶっ倒れて死んでもおかしくねえなあ」

「馬だら死体売ってナンコ鍋にでも何でもなろうけど、お前死んだって骨にしかなんねえべ」

「言われてみりゃそうだ」

ははは、と乾いた笑い声を背に、吉正は席を立った。口の中には飲み込みきれない麦飯が滞ったままだ。無理に喉を通して飲み下すと、意思に反して脂汗が押し出された。

結局、馬が死んだという情報が工場内で正式に発表されることはなかった。もっとも、公にされたところで、馬一頭のことだ。ここで働く者達の多くは「そりゃ大変だ」の一言でまた仕事に戻るだろうと吉正は思った。

しかし、馬の死を思うごとにそれを語っていた男達の、あの諦念の底に怒りをにじませた笑いを思い出すのだ。

次は俺らかもしれない。俺らも使い捨てられるのかもしれない。

言外の意味を、もしかしたらわざと近くにいた自分に聞かせたのかもしれない。そう思うと、炎天下の作業場に立っていても汗が引いた。

実際に、今のままでは過労で死ぬものが出てきてもおかしくはない。問題はその後だ。死んだ者の仕事の穴は会社の意向で誰かがすぐに埋めることになるだろう。死んだ者が家族持ちならば、すぐに家財道具を纏めて去る羽目になる。太田煉瓦工場で働く者とその家族は合計で約千五百人。多くの働き手は、何者であるかも問われず雇用され、辞めたいという者が引き留められることもない。

働きさえすれば、誰が誰でも構わない。かつて吉正が下方で働いていた時に感じた自由な気風は、頭目になった今、違う意味を持って心を責め苛《さいな》み始めていた。

その日、吉正は組の人員をなんとか遣り繰りしてノルマを終えた。体力の残っているものに仕事を回し、渡のような熟達していない者に適度に休息を与える。その代わり、昼休みを少し削らせて働かせる。周囲に気を配って下方の成果を上げるのも頭目の仕事のうちとはいえ、気の回しすぎで吉正の芯には疲れが残っていた。

陽が落ちてから、他の頭目から要請があった部署に若い連中を回す。

「お前らまだ力余ってんだから、他んとこの勉強に行って来い」

声ばかりは有無を言わせず送り出すが、その後で「ついでに他の仕事も目で盗んでおきゃあ、本格的に配置換えした時に有利だしな」と付け加えておく。若い下方たちは、流れる汗を拭わないまま、「はい」とだけ答えて次の仕事場へと向かっていった。

残った者達に、「お前らさっさと帰って飯食って寝ろな」と言い残すと、吉正は溜息を吐きながら家の方向へ向かった。途中、窯から出されて冷却されたレンガを運びだす現場近くを通りかかる。陽はとうに落ちていたが、電灯が灯されて作業は続行されていた。

「ほらあ、運び方、そうじゃねえって言っただろうが！」

「すんませえん、気ぃつけます！」

黒い半纏姿が動き回る中で、張りのある声が響き渡る。田代が頭目として働いている部署だ。陽が落ち、少しは涼しくなったものの、まだ熱の残るレンガを積んでは出荷の準備をしている。焼き終え、規格に適《かな》った商品用レンガは建築材として使われる時もそうであるように、隙間なく綺麗に積み上げることができる。その塊を、在来線から引き込んだ線路上の無蓋貨車へと運んでいくのだ。

三十人ほどの黒半纏の中で、見慣れた浅葱色の半纏が二つ見えた。

「お疲れさまです、うちの組の若いのは、どうですか」

「ああ佐川か。いいぞ、素直に人の言うこと聞いて働いてくれる」

田代は満足そうに頷いた。

「きつそうだけどな」

「お互い様です」

頷きあいながら、複数人が班に分かれてうまくレンガを移動させていく様子を眺める。

佐川組の二名は要領を覚え、うまく田代組の作業に組み込まれているようだ。

「でも、このままじゃ駄目になる」

ぽろりと、意図もないまま零れ出た言葉に、田代よりも吉正自身が驚いた。失言だ、と焦りそうになるところを、田代は表情を変えずに頷いた。

「まあな、俺も、そう思う。構造が変わらん限り、下方は馬みてえに使い潰されるだけだ」

「使い潰される」

田代の言葉を吉正は反復した。声に出して、その言葉の重さに内心慄《おのの》く。実際に目にした訳でもない馬の死体を想像した。田代が懐から煙草を出して勧めたが、吉正は取らないままだった。

「俺らは、使い潰している側なんでしょうか」

「そうだろ」

短く肯定した田代がマッチで火を点ける様を、吉正はじっと見ていた。マッチの火が煙草の先端に触れると小さく煙が立ち、軽く手首を振られるだけでその火は容易《たやす》く消えていった。

「おい、しっかりしろよお前。使い潰す側にいなきゃ、自分が下方として使い潰されることになるんだぞ。そんな仕組み、俺らじゃ変えられねえ。母《かか》あと子ども抱えた身で死にたくなかったら、泥水でも何でも飲み込んじまうしかねえんだよ」

言葉を返せない吉正を見ないまま、田代は大きく煙を吐き出した。自分自身に言っているようだった。

「ああ、頭《かしら》あ！　佐川の頭は！　いますか！」

ふと、自分を呼ぶ大声の方を向くと、一人の若い男が息を切らしてこちらに走り寄って来る。見覚えはない。陽に焼けていない様子とまだ幼い顔立ちから、事務方かどこかの見習いかと思った。

「俺が佐川だが、どうした」

息を整えるのも苦しそうな青年の姿に、嫌な予感が吉正を襲った。

「そちらの、組のっ。渡という下方が、さっき、医務室に運び込まれました。道端でぱったりと倒れていたということで、息、してないそうです」

駆け込んだ医務室の中は薄暗かった。電球の周りを大きな白い蛾《が》が飛び回り、その鱗《りん》粉《ぷん》が降る真下にあるベッドに、渡は横たわっていた。

泥のついたランニングシャツ姿のまま、靴だけ脱がされて、顔は白い布で覆われていた。生成《きな》りのような、皺ひとつないその白さが汚れた作業着とは不釣り合いで、その布だけが妙に浮いていた。

「なぜだ。なんで。今朝、普通に歩いていたのに」

「なんでしょうねえ」

吉正が茫然と投げかけた言葉に、医者は即座に応えた。吉正はそちらに向き直ると、問いたくはない、しかし問わずにはいられないことを言葉にする。

「作業しすぎたせいですか」

「どうでしょうね」

拍子抜けするような医者の声に、吉正は唖然《あぜん》とした。

「だって、そうでしょう。これだけ仕事の量が増えて、休みもなくて。もともと体が弱そうな奴だったんだ。仕事のせいでしょう」

「でも証明はできない」

医者は変わらずのんびりとした表情で、しかしぴしりと言った。

「これが労働時間内に怪我でも負ったんなら、因果関係は明らかだ。怪我じゃなくて倒れたとかでも、まあ仕事と関係あると言えるでしょう。でも倒れていた時刻はうちの会社の就業時間外で、残業時間の後でもあったんでしょう？」

反論ができない。確かに言われた通りで、渡の死因が仕事なのだと証明する方法が想像できない。震える唇を開きかけて、閉じて、また開きかけてを繰り返した。

「それにね。就業と死亡の関係が明らかになったら、頭目のあなたが大変になるんでしょう？　どちらにしたって、因果関係を証明しようがないんです。先天性か後天性なのかも分かりませんが、ひとまずこの人の死因は心不全。としか私には診断を下しようがありません」

　吉正は唇を噛んだ。医者が言った、その通りだ。渡が仕事で死んだとして、その責任の一端を自分も担っていたとしたら、自分は耐えられそうにない。それなりに労働配分に気を遣っていたとか、そんなことは言い訳にならない。ならば、原因不明という言葉に縋《すが》ってしまった方が自分の心持ちも大分楽だ。溢れる卑怯さへの嫌悪感を宥《なだ》めるに余りあるほどに。自分を納得させる方向に心を動かす代わりに、握りこんだ拳が震えた。

「納得いかないことの方が多いですよ、実際」

　吉正の意識を浮上させたのは、医者の呟きだった。もう脈が止まったはずの渡の手首を持ちあげ、「御覧なさい」と吉正に見せる。

「綺麗な爪ですね」

　レンガや粘土の重みで潰され黒くなり、爪と肉の間に粘土が入りこんだ下方特有の手の爪を、医者は「使い尽された、綺麗な手です」と繰り返した。

「こういう手をした人のことを、時々羨ましくなることがあります」

　医者の静かな声を聞きながら、吉正は自分の拳を開いて見た。力を加えられて真っ白になっていた掌に、血の巡りが戻っていく。加齢と不摂生ゆえに歪んでいたり節くれだったりしているが、爪に傷みはなく、粘土が入りこんでいるわけでもない。

かつて自分も渡のような爪をしていたというのに、その痕跡を残さないまま生え替わった爪を憎らしくさえ思った。

「取り返しがつかない」

医者は吉正の言葉に、「ええ」とだけ言って頷いた。部屋を出る時に、医者が置いたカルテが目に入った。渡誠之助《せいのすけ》と書かれている。その字を見るまで、渡の下の名前など完全に忘れ去っていた。

通夜の会場は下方が家族も含めた集会所としているバラックだった。長屋の間に小さく佇んでいるその建物には、意外なほどに人が集まっている。

吉正は仕事後に行李《こうり》から喪服を引っ張り出して着込むと、片手に数珠、もう片手に香典袋を手にして、人の群れに混ざった。

入り口に集った人々の顔ぶれを見ていると、佐川組とは関係のない者とその家族が多い。仕事の付き合いよりも、近所の面々の方が出席者としては主であるようだった。

「この度は誠にご愁傷さまでございます」

奥に上がり頭を下げる。渡の妻らしき中年の女が立っていた。渡とは対照的な恰幅の良さが喪服の上からも分かる。血色のいい顔だが、表情は曇っていた。吉正が頭を下げながら香典の封筒を差し出すと、佐川の名を見た途端に眉を吊《っ》り上げた。

「あなた……あんたが、あの人の」

「渡さんには大変にお世話になりまして……本当に残念です」

詫びるのは違う。詫びては自分の足元を全て突き崩すことになる。その思いが吉正に無難な言葉を選ばせたが、当の奥方にはその言葉さえ届いていないようだった。

死んだ夫の上司を力一杯に睨みつけ、それから思い出したかのように受け取った香典の袋を破る。周囲の参列者が何事かとこちらを見ているが、奥方は気にしないようだった。

奥方は封筒を開けて中を覗き込み、すぐに吉正を睨みつけた。

「人の旦那、殺しといてこれか」

香典は会社が出した額に加え、吉正個人が紙幣を足してある。いずれも、一般的なものよりはかなり多い額面だった。

「どれだけ偉いんだの、頭目っちゅうのは」

吉正は頭を下げ、そのまま上げられずにいた。自分の後頭部に刺さるような悪意と憎しみだけをひしひしと感じる。

「帰って頂戴。帰れっ」

顔を上げられないまま、吉正は踵《きびす》を返して集会所を出た。横目で一度だけ奥方を見ると、香典の袋を額に押し付けたまま、きつく目を閉じ嗚咽していた。

「糞ったれだ。会社も、あの男も、あの人も……糞ったれどもめ……」

周囲の人間が奥方をなだめ、吉正に半分は責めるような、半分は同情のような視線を送ってよこす。何もかもが煩わしくなって、吉正はひたすら地面だけを眺めて歩き続けた。

集会所からの帰り、周囲では慣れた粘土の臭いが、夜露に湿ってやけに臭い立つ。喪服に線香の匂いはついていない。あの時、声を荒らげた渡の細君は明日にはもう下方の長屋を退去し、どこかへ姿を消していることだろう。

長屋の方から、男の怒号らしき声と、ガラスか陶器が派手に割れる音が聞こえた。一拍置いて、甲高い声で泣き叫ぶ女の声。まだ若い娘の声のようだった。そこに中年の女性らしき怒鳴り声が混ざり、近隣から「うるせえ」と怒りの声が被せられる。戸口が開いて、人が集まっていく気配がある。「警官呼べ」「担架だ」と切羽詰まった声が、野次馬のさざめきの間をぬって聞こえてきた。

自分の組にいる下方の中から、酒と賭博の癖が強い何人かの顔と名前が思い浮かぶ。そのうちの一人が、確か、このあたりに住んでいるのではなかったか。

吉正は一瞬だけ躊躇して、結局騒ぎに背を向け、再び歩きだした。

「渡のカミさん、一発二発、殴りゃあいいんだ。殴ってくれりゃ、まだ、俺は……」

自嘲を込めて、葬儀の場で口に出したかった言葉を今さら声に出す。渡した香典の袋だけ破り捨て、泥のついた中身を大事に仕舞い、あの奥方は今も泣いているだろうか。男も女も、皆、きれいに角の立ったレンガを作り続けながら、自分の心身を削っている。吉正は、今、自分がその現場を覗けば、何かが欠け落ちてしまいそうな気がした。

足を引きずるようにして家へと向かう途中、建物の裏手にあるものが視界に引っかかった。赤っぽいものがきらきらと小さく瞬いている。なんだ、と顔を向けると、それは広場に捨て置かれたレンガの山だった。

レンガといっても正規のものではない。焼き入れをしている最中に歪んだり割れたり、製品として出荷できなかった規格外品だ。無造作に、大人の背の高さほどに打ち捨てられたそれらが、光を反射しているのだ。

「満月か」

吉正は空を見上げた。空には夏の星をかき消す明るさで、満月が輝いている。レンガの山に近づくと、電灯までとは言えないものの、夜道を照らすには十分すぎるその光をレンガの粒子が反射してきらきらと光っているのだと分かった。

ひとつ、足元に転がっている塊を手に取ってじっと見てみる。吉正の手に収まったそれは正規品と同じ大きさのものだが、よく見ると縁に大きなバリのような出っ張りが残っている。これが正規のものと混ざって出荷されていたならば、うまく組み合うことができなかっただろう。

他の規格外品も同じだ。少しの歪みや割れが生じれば、正規品からいとも簡単に外される。不要とされ、捨てられ、顧みられることはない。一度ついた傷も汚れも、二度と元には戻らないまま消されていく。

「同じだ」

吉正は呟いた。余りにも同じに過ぎる。頭目という立場の自分とて同じように、目的にそぐわなければいつか簡単に捨てられ砕かれていくことだろう。

あの日、窯を眺めて、過酷な窯焚きの仕事に憧れを見せた渡の顔を思い出す。あの男のそう長くない人生の中で、あの瞬間は本人にとってどれだけの重さを持ったのだろう。形にならない憧れは、あの冷たくなった体のどこに凝《こご》っているのか。茶毘《だび》に付したその後で、骨と混ざってあの奥方に運ばれていくだろうか。

手の中のレンガは普通のレンガと同じ肌理《きめ》のはずなのに、今この手には随分とざらざらしているように思えた。夜露に湿って温度を失っているはずの粘土のなれの果ては、どうしても炎の名残を感じさせる。温もりを求めて、吉正は一つまた一つと出来損なったレンガの塊を手にし続けた。

帰宅してから、吉正は六畳の茶の間に寝転がった。壁と屋根の境目から秋の風が吹き込んでくる。今の季節ならまだ良いが、冬が近くなってきたら目張りをせねばなるまい。二人目の赤ん坊も間もなく生まれるのだ。意図的に先の葬儀を思考の端に追いやり、つらつらと家のことを考えていた。

冬の寒さの中では、樹が寒気で裂けるようにレンガもまた割れることがある。それを防ぐべく、野幌のレンガは緻密さと精度を上げてきた。寸分の狂いもない粘土をきちんと積み上げてひとたび建物を作り、その中で薪ストーブでも焚けば隙間風のひと筋も許さず、温かさを屋内に閉じ込めてくれる。

そのために作られた規格品のレンガの陰で、廃棄されていった無数の規格外品を思った。基準に適合しなければ隙間風を招くだけだ。致し方がない。そうは思っていても、捨てられた臙脂色の光を思い出す。

そして吉正自身の生活の場はといえば、レンガとは縁遠い。レンガ場で働く者達の多くは、工場近くの長屋に住んでいる。毎日毎日レンガを焼きながら、自分達の住まいは隙間風吹き込む粗末な木造である。壁一枚隔てた隣の夫婦喧嘩や屁《へ》の音を聞きながら、時には屋根からの雨漏りが滴る音も耳にしながら疲れた体を横たえる。食ってはいける。ゆとりはないが、周りも皆同じだと思えば不満は特段たまらない。言い換えれば、周囲と同じ程度に甘んじたままなら、生活の質を上げることなどいつまで経っても無理だということだ。

上に取りたてられた吉正も、頭目用の少しは良い住居に移り住むことができたとはいえ、長屋に毛が生えた程度だ。算盤を使える事務方や、レンガ工場の経営者一族は近くに住んでいない。彼らが住む住居にレンガが使われているのかさえ、吉正は知らない。

真津子はいつも通りに長男を寝かしつけた後で、食器の後片付けをしていた。かちゃかちゃと茶碗の音が静かな家に響いた。吉正は目を閉じる。壁の表面、畳の目のひとつひとつ、生きる場所の全てに乾いた粘土の細かな粒子が入りこんでいるような気がした。下方も頭目も、飯を食って仕事をして寝るだけのささやかな生活の中で、その粒子から逃げ出すことはできないのだ。

ふいに食器の音が止まって、静かな足音が吉正に近づいてくる。

「お茶」

湯呑みが卓に置かれる音がして、足音はまた遠ざかった。

吉正は体を起こして湯呑みを手にした。いつの間にかひびが入っていた愛用の湯呑みは、捨てる機会もないまま使い続けている。一口だけ飲んだ。薄い茶だ。だが、喉に張りついた粘土の粒子を胃の腑《ふ》まで押し流してくれる。

「真津子」

「なあに、なんか呼んだ?」

ふいの問いかけに、真津子は平淡に応じた。人が死んで通夜のあった夜にも神妙にならない性質が、今の吉正にとっては密かに心強い。

「うちの坊主はさ。これから生まれる子もさ。なあ、勉強ばたっぷりさせないと駄目だ」

「なあに？　何言ってるか、内容、聞こえないって」

吉正の呟きは食器がぶつかり合う音に紛れて妻の耳までは届かない。吉正は残った茶を一息に飲み干すと、再びごろりと横になった。

「勉強、させてやらんと。なにも、博士や大臣にさせようっちゅうんじゃねえんだ。下らない怪我させられるような仕事でなくてな。こんな、手ぇ汚くしなくても良いように。誰がやっても構わなくて、そんですぐに替えのきくような仕事でなくて。綺麗なとこで、算盤と自分の名前使って働けるような。なあ……」

静かな声は薄い壁に吸い込まれていくようにして小さくなり、完全に途切れた。

「寝たの？　もう、布団敷いてから寝なってのに」

真津子の不満げな溜息が意識の端で聞こえる。それでも、吉正の意識が溶けるぎりぎりの所で、体に痩せた毛布が掛けられるのを感じた。

入りかけた夢の中で、吉正は全身を毛羽立った畳ではなく故郷の草原に預けていた。草原の端に建っているのはわが家だ。そこいらに生えている木を倒して作られた、隙間風が酷《ひど》くて夜は身を寄せあうしかない狭い家屋。その中では両親と、祖父母と、兄弟とが、今年の冬はどう越そうかと算段をつけているのかもしれない。苦労して生産したものを、自分達で消費する暮らし。誰に命じられるでもなく営まれる日常。四角いレンガで作られた堅牢《けんろう》な建物など、誰も見たことがなかったあの頃。

夢の中で、吉正は今横たわっている場所がもう遠い記憶の中にしか存在しないことを自覚している。それ故に、細部までありありと再現して自分を慰撫する。体の下に広がる草の奥、長く伸びたその根の先に、黒い土が横たわっているのを感じる。そこには野幌のように分厚い粘土層こそないはずだが、火山灰に由来するその土で作った芋はとても美味いことを吉正は思い返す。

その土をかき分け這い回る虫の類。その土を掘り起こして肥料を埋める両親。その手はやはり、夢の中でもくろぐろとした土にしがみ付いていた。夢の果てで、もう決して手に入れられないものにしがみつきながら、地にへばりついた吉正は泣いた。

温《ぬく》む骨

そう広くはない作業部屋を北向きにしたのは正解だった。光義《みつよし》は密かに過去の自分は正しい決断をしたと思う。直射日光が入らないこの部屋は、色合いを見ながら土を練るにも、焼き上がった陶器の発色を確かめるにも最適だった。実際、今日の客も出来上がった皿の釉薬《ゆうやく》に満足げだ。

「ああ、綺麗な青ねぇ。これならうちの娘も気に入りそう。やっぱり佐川さんの旦那さんにお願いして正解だったわ」

「ありがとうございます」

控えめな笑顔を心掛けて、光義は老婦人に深く頭を下げた。

婦人は後ろで控えている夫が口を開く暇もないほど、「あの子は子どもの頃から青が好きだから」「新居のテーブル、大きいらしいのよ。これぐらい見栄えのするお皿じゃないとね」などと一人でまくし立ててはしゃいでいる。口を開くたびに、朽ちたバラを思わせる香水の匂いがした。

焼き上がった皿は光義が婦人から受けていた注文に、なるべく忠実に作りあげたものだ。大きく平らな皿で、白い地に海を思わせる深い青色をしたガラス釉薬は厚め。大きなテーブルのど真ん中に置けば存在感を発揮することだろう。光義は今回、とにかく映える皿を心掛けて制作した。

「あの子料理が得意だから。昨日もインスタ？　とかいうのにね、週末にお友達を招いて作った料理が載っていてね」

娘の新築祝いの一部として贈られる予定のこの皿は、大層依頼人のお気に召したようだ。光義の胸に広がる安堵感は、職人というよりも商売人のそれに近かった。

しかし同時に、この深い青色は載せる料理の種類と質を極端に限定するであろうことも光義は知っている。婦人の話では「センスにうるさい」という娘がこの皿に料理を盛った時、果たしてインスタグラムにどのように映るのだろう。

皿の絶賛から娘の人となりを語る婦人の言葉の合間に、光義は密かに深く息を吐いた。ふと目をやると、沈黙したまま皿を見ていたはずの夫が自分を見ている。

責めている気配はない。むしろ気遣わしげに見えたのが却《かえ》って小さく胸へと刺さる。軽く目礼して、再び婦人の話へ耳を傾けた。

「福永《ふくなが》さんの奥さん、喜んでた？」

「ああ、期待した以上のものだと言って下さったよ」

そう、と微笑みながら、芳美《よしみ》は箸を揃えて置いた。

「おかわり、いる？」

「うん」

光義が空になっていた碗を渡すと、芳美はいそいそとおかわりをよそいに席を立つ。お互い還暦をとうに過ぎ、体の動きも以前と同じにはいかないが、妻の甲斐甲斐《かいがい》しさが若い頃とそう変わらないことを光義は素直に感謝している。

今回の福永さんの大皿依頼は、芳美が受けてきたものだ。

なんでも、ハンドメイドコサージュの教室で知り合いになった人だという。常に自分のこと、家族のことを機嫌よく話す福永夫人と芳美は自然と仲良くなり、純粋に新築祝いの皿を提案したのだろう。算段なくそういうことをしたであろうことは、易々《やすやす》と想像がつく。

もしかすると妻は、かつて銀行の営業職だった自分よりも余程営業の資質があるのではないか。光義は妻から碗を受け取りながら、そう思った。商売や義務的な集まりでしか人間関係を作れないことが多い自分にとって、妻が難なく友人に囲まれている様子は少し羨ましくもある。

「イカナゴの佃煮《つくだに》っていったっけ、これ。ご飯すすむなあ」

「実家が兵庫からお取り寄せしたやつ、美味しかったからって分けてくれたのよ」

「お義母《かあ》さん、元気だって？」

「元気も元気。要介護認定が上がってからデイサービス通いは週四日に増えたけど、最近、タブレットの使い方覚えたらしくて。今回の佃煮もネット通販で買ったらしいの」

「へえ。未《いま》だにスマホで四苦八苦してる僕らよりよっぽど順応性高いよな」

「九十過ぎてあれだもの。新しいものに興味持ち続けると長生きできるもんなのねえ」

芳美はあっけらかんと笑った。もともと資産家だった妻の実家は、光義の家から車で十五分の距離にある。光義の離職後に陶芸工房のある住宅を建てる際、義母が要望した位置関係と距離だ。資金を出すにあたっての条件でもあった。

老義母の介護は義弟夫婦が見てくれているため、妻は様子を気遣って実家の訪問はするものの、具体的な負担があるでもない。義母は娘の婿が陶芸という芸術に携わっており、自分がその援助をしているということがひどく誇らしいようだ。しかも自分達に対して特に恩着せもしてこないという、光義夫婦にとってはありがたい関係だ。

義母のおおらかさに光義も感謝こそあれ不満はない。ただ妻の実家に頼るということへの負い目や損なわれたプライドに対して自分の腹の底で目を瞑れば良いだけだ。働いていた銀行での営業でそんなことには慣れきっているし、自分に嫌気が差してやさぐれるほどもう体力もない。

「あのお皿、きれいだったね。私、好きよ」

慣れた温度で食卓に流れる沈黙を、芳美は空いた食器を重ねながら破る。普段、自分達の食卓で使う皿は量販店やデパートで購入したものばかりだ。

妻曰《いわ》く、家事の効率を考えると、気軽に食洗機に放り込めるものの方が気楽だという。かちゃりかちゃりと、陶器同士が無防備に触れあう音がする。

「それにね、福永さんの娘さんも、きっと喜ぶと思う」

「うん」

当然そうあるべき仕事の成果を、まるで確認するかのように口にする。その妻の優しさが居た堪れなくて、光義は茶碗に残った米を口に押し込み箸を置いた。

「ごちそうさま。美味しかった」

「今日もこれから作業するの？」

「ああ。風呂は寝る前に自分で追い焚きかけて入るから」

「うん」

流しで洗い物をする音を背に、リビングの隣に位置している工房へと向かう。工房といってもリビングより少し狭い程度の作業部屋だ。

銀行員だった頃は外勤が多かった光義にとって、狭いながらも仕事のほとんどが一部屋で完結するというのは、新鮮で悪くないものだ。定年まで勤め上げるつもりだった銀行が四十五歳の時に倒産した際には、自分にこういう生活が向いている確信など持てなかったものだが。

濡れ布巾のかかった粘土を作業台に載せ、体重をかけて練りこんでいく。保存庫から予め机の上に出してあったそれは、室温と同程度になって別段熱くも冷たくもない。いつもよりも色の濃い、粒子の粗い粘土だ。含まれる空気を押し出すように丹念に練っていっても、表面にある僅かなざらつきは頑固に消えない。これ以上やっても変化がないという頃合いを見極めて、手を止めた。

光義は本来、これよりもっと白くきめの細かい粘土を好む。福永夫妻に依頼されて焼いたあの皿も白磁用の粘土を使った。しかし今練り上げたばかりの粘土はまるで違う。前者が女の肌のようであるなら、これは高齢者の年季が入った掌のようだ。

……御《ぎょ》せるのか。こんなものを。

腹で湧く疑問をあえて無視して、手回しのロクロに土を拳一つ分載せる。ヘラで土を丁寧に押し付け、器の底となる部分を形成していく。平らな板状になった粘土の表面は粗く、同じ力のかけ方でも形の変わり方がいちいち異なってしまい感覚が狂う。

それから専用のナイフを取り出してロクロを廻し、粘土板に円い切れ込みを入れる。いつもならばするりと円を描いて難なく土を裂いていくはずが、硬い土に埋まったナイフは迷いを映し、意図せぬ楕円へと歪んでいった。

「くそっ」

光義はナイフを置き、ロクロから粘土を乱暴に剝ぎとって塊のほうへと叩きつけた。ロクロ上で新たな形を得かけた粘土は、再び個性を失いただの土の塊に戻っていく。

最近いつもこうだ。依頼された品ならば易々と客が喜ぶ品を作りあげられるのに、いざこの土と向き合うと感覚が狂い、手が止まる。自分の思い通りに形成できないもどかしさ。戸惑い。平素溜まることのない苛立ちが腹の底で毎夜降り積もり、自分の指先の微細な動きが狂い始める。一年前には容易にできていたはずの作業に戸惑う。どうすればもとに戻るのか、それとも加齢によって力加減ができなくなってきたのか。答えの糸口さえ見えなくて、解決する手段が分からない。

光義はペットボトルのぬるい水を一気飲みすると、立ち上がり、再び両手で粘土の塊に触れた。

野幌粘土九割。信楽土《しがらきど》一割。それがこの土の正体だ。

粘土に一度触れた手を洗わないまま、工房と居間を隔てるドアへと歩んだ。ドアの周囲には、赤いレンガが壁に埋め込まれる形で装飾に使われている。

ゆっくりと手を伸ばしてそれに触れる。粘土と同じく、室温に等しいそれは熱を持たない。表面はざらざらと粗く、野幌粘土十割の特徴的な手触りを示している。冷たい訳でもないのに、土を切り損ねた時と同じ寒気がした。

ここに飾り用のレンガを埋め込もうと提案したのは自分ではない。工務店の担当者か、妻だったか、思い出せない。自分でないのだけは確かだ。

平成も終わりという今でも、江別でレンガの製造は続けられている。ただし、昔のような建材の主力としてではなく、このように内装やエクステリア、装飾性の高い建材として。一大産業であった昔と比べると、あくまで小さな物づくり用だ。だが役所が町のシンボルとして積極的な利用を推進しており、その流れでこのドアを飾ることになったのだろう。そのレンガが使われたこの工房で、同じ土を使いこなせないのは皮肉に過ぎた。

光義の父は生前、現在も続く大きなレンガ工場で働いていた。光義が生まれて少しした後に集合住宅に引っ越すまで、社宅とはとても言えないような粗末な家屋に暮らしていたという。

あまり子どもを構う父ではなかった。怒る時は厳しかったし、時には拳骨《げんこつ》も食らった。ただ、毎日黙々と仕事に通い、帰って時折「疲れた」と零す他には、仕事の愚痴を言う事はなかった。

工場は工員の家族といえど一般の人間が立ち入ることは禁止されていたため、父が働いているところを見たこともない。ただ、毎日くたびれている様子はまるで使い古した消しゴムみたいだ、と光義は思っていた。

父は酒が入ると、よく勉強するようにと自分達兄弟に厳しい口調で言っていた。

「義務教育はタダで好きなだけ勉強できるんだから、目いっぱい勉強しろ。その先は奨学金なり働きながらなりでさらに勉強しておけ。背広着て会社で名刺持って働く生活の方が絶対に楽だ」というのが、晩酌が過ぎた時の口癖だった。

光義が中学に入り、言われた通りに頑張って勉強していた頃、父は突然職場で倒れて死んだ。脳卒中という死因は家族を何一つとして納得させてはくれなかったが、一家は受け入れる以外の選択肢を持たず、兄弟は勉強に励み、母はレンガ干しの女工から少し賃金の高い小売業の事務勤めへと職を変え、働き詰めだった。

「お父さんはねえ、レンガ工場で働いてた時、結構しんどかったと思うの」

光義が近隣でもレベルが高い公立高校に合格し、同時に兄が国立大に現役で合格した時、祝いの食事を用意しながら母は言った。

「だから、あんた達がいっぱい勉強して色んなものになれる可能性を広げられた事、一番喜んでるのはお父さんだと思う」

小さな仏壇に手を合わせる母の背中は小さかった。丸められたその背中を見て、兄弟は可能な限り、返済不要の奨学金を得ようと心に誓い、勉強に励んだ。

その甲斐があってか、兄は後にすんなりと運輸省に入省した。退職後の現在も、首都圏近郊で自分の妻子と不自由のない暮らしをしている。両親の墓参りの時ぐらいしか会うことはないが、光義の目には元気そうに見える。父のような、擦り切れた印象はない。

光義は道内でも最大手の銀行に入行し、その銀行が破綻するまで営業の最前線で働いてきた。職を失った時、母には随分心配をかけてしまったが、結局、望んだ道で糊口《ここう》を凌《しの》ぐことになった自分を寿《ことほ》いでくれた。あの時もし嘆かれていたなら、今自分は土に向かい続けていなかっただろうと光義は思う。

母が言う、色んなものになれる可能性を活かして、というには選択肢が随分と狭かった気もするが、親を幻滅させずに済んだことに兄も自分も安堵している。二人で金を出しあって、父亡きあとに自分達を育てあげてくれた母を世界一周の船旅に出した時の写真が、のちの遺影になった。母の葬式の時、いい写真だと皆が褒めてくれたのを覚えている。

光義が陶芸を始めたのは、四十歳を過ぎた頃だった。仕事は順調だったが望んでいた子どもができず、心身ともに持て余していた時に、偶然目にした市民講座に申し込みをしたのがきっかけだった。

特に土をいじりたかった訳でもなかったはずが、実際に始めてみると意外なほどに没頭し、また生来の癖なのか、一歩上達するごとにさらに技術を磨くことに注力するようになっていった。

「陶芸家っていうのはね、看板を立てたら誰でも名乗れるもんだよ」

公募型の展覧会に作品を出すようになった頃、長く世話になった師匠はそう言って笑っていた。そんな簡単なもんじゃないでしょう、そう返していた光義は、後にこの言葉に随分と救われることになる。

仕事は勤め先の倒産で、四十五歳の時に銀行員の肩書きを下ろす羽目になった。

定年まで当然勤め上げられるものと信じていた。バブル期の無謀な融資が自行を揺るがしていることには気づいていたが、まさか倒れるとまでは思っていなかった。

ままならない事でも飲み込みながら、懸命に営業の前線で働き続けた誇りは簡単に突き崩された。未来図が消えたことへの絶望と同じぐらい光義の心を襲ったのは、父の願いを果たせなくなったことだ。故人から託されていたものがこんなにも自分の芯を成していたことに、光義自身、驚いてもいた。

銀行の倒産は確かに自分の人生を揺るがしたが、多くの融資先を巻き込んだことを考えれば、まだ平穏な離脱だと自分に言い聞かせながらスーツを脱いだ。

かつての営業先の悲惨な行く末に心を痛めながらも、強く脳裏に蘇ったのは、以前に師匠が言った陶芸家の看板という言葉だった。光義は密かにそして切実に、新たな肩書きを欲していた。

住んでいた札幌中心部のマンションを売り、野幌の住宅地にガス窯を備えた家を建てた。元銀行勤めだというのに、結果的に金融からの借入れはない。定年退職をした際の想定からは下がるが世間的には相応の退職金と、現役時代の蓄え。そして、特に文句を言うどころか背中を押してくれた母や妻の存在と、義母の支援が大きかった。

「何かあったら私だって働けるし。一度しかない人生だもの、好きにやりましょうよ」

働いた経験などほとんどないのに、あまりにも簡単にそう言い放った妻の強気に戸惑いながら、勢いで光義は自分の製陶を始めた。

毎日仕事として土に触れる日々は存外自分に合っていたのか、朝から晩まで土に触れ、技術を磨くことに没頭した。やがて金を出して器を求めてくれる人も増えた。働いていた頃の性分が根強いのか、客側が欲しがるものを作ることが自分の持ち味にさえなった。

「老いた両親のために新しい茶碗が欲しい」と言われれば、強度の高い粘土で極限まで薄く、軽くした碗を作る。

「子どもが望む絵の皿が欲しい」と言われれば、個人使用だと割り切って著作権を無視しながらどんなキャラクターでも描く。

北海道という土地柄か、茶の湯や華道の伝統が根底にある〝焼物〟から離れた自由すぎる気風が、光義のやり方を後押しした。

その姿勢を、柔軟に過ぎると揶揄《やゆ》する同業者がいることも知っている。だが、「落として割ってしまったがまたあの軽い茶碗が欲しい」とか、「あの皿に盛れば子どもが食事を残さず食べてくれる」という反応があることの何が悪いというのか。

競争から離れた職種で生活が成り立っている以上、使う人間に添ったものを作れば自分はそれでいい。そう考え恥じることもなかった。

そうして数年が経った頃。ぼちぼちと器が売れ、毎月二人分の食費ぐらいは土から稼げるようになってきた。しかし手が土に馴染めば馴染むほど、練度が上がれば上がるほど、光義は自分の裡《うち》からの声を無視できなくなる。

俺には芯がない。

使う者が望んだ形を作る。自分のイメージを形にする。そこに疑問はなかった筈なのに、長所たる柔軟さこそが光義をゆっくりと蝕むような気がしていた。

迸《ほとばし》る情念をそのまま粘土にぶつけたような前衛作品を目にすることが辛くなり、同業者の作品展からも足が遠のいた。情報交換をするような場からも、作業に没頭している振りをして逃げ続けた。

俺にはあんな熱がない。

俺には巧拙を二の次にして挑めるような力はない。

皮肉なことに、孤高を貫くことさえひとつのスタンスとして周囲からは認められてしまう。そして同時に蟠りは溜まり続ける。出口はますます遠のいた。

　芳美と札幌駅前に出かけたのは、腹に抱えた想いが膨らんできた秋のことだった。

　たまたま、妻の友人の友人が駅前のギャラリー兼喫茶店で個展を開くということで、誘われるままに光義も足を延ばした。同業者の個展はなるべく避けてきたが、その知人は風景を描いた水彩画が専門だと聞き、気晴らしに出かけた。

「ああ、良かったわねえ。落ち着いた絵で。喫茶店の佇まいも素敵だった」

「そうだな。いい個展と店だった」

　午前のオープンに合わせて花を持って訪問し、まだ客のいないギャラリーで絵の主と歓談してから喫茶スペースでチーズケーキとコーヒーを頼んだ。絵について光義は専門外だが、ただ道内の景色を綺麗で美しく描くだけでなく、一枚に一頭、もしくは一匹、必ず動物の姿が描き込まれているのが特徴的だった。

　鹿、熊、狐、エゾリス、シマリス、馬、牛……。いずれも、可愛らしく描こうと思えばいくらでも愛嬌ある風に表現できるだろうに、どの動物も、じっと睨むようにしてこちらを向いているのだ。

「動物の姿が印象的ですね」

　思わずそう口に出した光義に、芳美とそう年の変わらない、専業主婦の傍ら絵を描き続けているという作者は微笑んで「そうなんですよ」と答えた。

「動物を入れないと、どうも気が済まないんです」

曖昧で、そして、秘めた拘りを聞きだすことを許さない答えに、光義はどう返したらいいか分からずぼんやり微笑んだ。

「ねえ、お昼、新しくできた通りに行ってみましょうよ」

歩道を歩きながら、つらつらと今日見た絵を反芻している光義に、芳美が声をかけた。

「新しくできた通りって？」

「赤レンガ前のとこ。前から工事してたのが、終わったんだって。歩行者天国になってて、両脇にお店も沢山できたらしいわよ」

断る理由もなく、足取りの軽い芳美の一歩後を歩き続けた。幅の広い歩行者天国の足下は全て赤いレンガが敷き詰められ、通りの西側行き止まりには愛称〝赤レンガ〟と呼ばれる北海道庁旧本庁舎があり、その名の通りレンガ造り巨大建造物の威容を誇っている。

「なんだか久しぶりに赤レンガ見たな」

「そうねえ。観光名所って、地元だとそんなに来ないものねえ」

レンガ敷きの道に立ち、正面に赤レンガを見ながら光義と芳美はしばしば建物の全容を眺めた。話している間にも、中国語らしき言葉で会話するグループが嬉々《きき》としてスマートフォンで写真を撮っていく。

両脇に何軒かある飲食店のうち、道路に面してテラス席を構えたカフェレストランを芳美は選んだ。従業員に促されるまま、赤レンガがよく見える二階席に落ち着く。レンガ舗道に植えられたイチョウ並木の黄色い葉が、二色の模様を作っていた。

芳美が選んだ、半分がトマトのパスタ、半分がスタミナピラフというランチメニューを光義も「じゃあ俺もそれ」と深く考えずにオーダーする。

ほどなくして運ばれてきた料理は悪くなかった。パスタは茹でおいたものではないし、ピラフも湯気が立っていて香ばしい。光義はパスタを口に運びながら、料理の量の割には大き目な白い皿を爪で弾いた。丈夫で重ねやすくて洗いやすい、量産品だ。

「こういうところは皿とかカトラリーで経費抑えるんだよな」

「やっぱり見ちゃうのね、そういうところ」

窘めるような妻の視線を受けて、光義はフォークを置いた。

「俺はもういいかな」

「そう？　さっきのギャラリーのチーズケーキ、ちょっと重かったかしらね」

「いや、なんか少し頭痛がするような、しないような」

「どっちよ」

あまり重く受け止めていない妻の声を聞きながら、光義は目を閉じた。

暗闇の中に、眼下に広がる真新しい道のレンガの規則正しい並びが思い浮かぶ。その向こうにある、かつて栄えた時代の、しかし今も厳然と佇むレンガ造りの庁舎。同じ規格の量産品を積み重ねることによって生み出された規律の美。

そしてさっきの個展で見た、穏やかな景色に映りこんだ生き物達の目。見る者に全ての印象を委ねるような、どこか空虚な眼差《まなざ》し。

「怖いのかもしれない」

光義は、目と目の間を押さえながら口を開いた。白旗宣言だ、と自ら思った。

「怖い？　なに急に」

「自分が新しい作風を作ることが」

芳美はフォークを持ったまま、次の言葉を待っていた。慣れた静けさの中の、馴れ合った夫婦の間でしか互いに本音を言わなくなったのは銀行時代からの癖だ。馬鹿正直に構えすぎる自分が、今はひどく疎ましい。

「新しく作るべきものが見えたとして、磨かれるべきものと自覚できたとして、それを成す力が、技術が自分になかったら、俺は、どうしたらいいんだろう」

規格通りに几帳面に並べられた、なのに芸術に近いレンガ建造物。

日々の生活を堅実に務めて生きる人が、自分の中にある声に導かれて描いた動物達の表現。

今の俺はその、いずれでもない。

道に迷い、迷うことで心が苛まれる位ならば、もう老後なのだと諦めて土をいじることもやめればいいのではないか？　もう定年の年も過ぎた。銀行から一つの部品として切り離された時と大きく変わりはしない。何も見つけられず、何ものにもなれない。結局ここが終着点なんじゃないのか？

解答を導きだしてしまった後で、己の迷いが次々と顕れ光義の脳裏を占める。舌の奥に溜まってきた嫌な味の唾液さえ飲み下せなくなってきた時、芳美が口を開いた。

「あなたは本当に馬鹿」

まるで、明日も雪だと告げる気象予報士のように平淡に芳美は告げた。

「もしも明日、突然体が動かなくなったとしても、もっと年をとってよぼよぼになっても、あなたきっと土をいじると思う。それが上手いか下手かにかかわらず」

あなたの望むようにやればいいのよ、とか、無理はすることないって、とか、夫を肯定するにせよ否定するにせよ、穏やかな言葉を想定していた光義は面食らった。思わず、「うん、まあ、そうなんだけど」と小さく言葉を返す。

「言っちゃ悪いけど、あなた別に人間国宝とか目指してる訳じゃないでしょ？　そりゃ、焼物でご飯食べられることは立派だけれど、あなたが何を作ろうと、何かに責任を負うとか、そんな大層な立場じゃないはずでしょ」

芳美はまだ半分残っている光義の皿をひったくって、空いた場所に自分のプレートからピラフを盛った。そしてゴン、と音を立てて光義の前に再び置いた。

「おい、あんまり食欲ないって」

「好きにやるしかないじゃない」

光義の抗議を無視して、芳美は自分の皿からパスタを持ちあげた。

「あなたなんて所詮あなたでしかないんだから。私が私でしかないのと同じに」

芳美はそう言ったきり、黙々とパスタを口に運び始めた。その静かな所作の底に、ほのかな怒りが波打っているのを光義は感じた。それは彼女本人のせいでも、夫だけのせいでもない。滞りのない日常の代償として、静かに深く折り重なっていった怒りだった。

大層な立場じゃない。

なら土にまみれて中途半端な有様で死んでも、いいだろうか。

鬼籍の父が許さなかったとしても、妻が呆れたとしても、俺は無様《ぶざま》でいいだろうか。

光義はしばらく皿を眺めてから、スプーンをとってわしわしと行儀悪く飯を口に流し込み始めた。

あの昼食以来、普段の製陶とは別に、光義は夜に自分のための作業を試み続けている。土まみれで死んでいく相棒に選んだのは、今まで自分の力では御すことができず、しかし父親達が扱い続けてきた野幌粘土だった。

　これまで幾つかサンプルとして碗を焼いてきて、身をもって分かったことも多い。

野幌粘土は鉄分が多い。この鉄こそが道庁赤レンガに代表されるような美しい赤色の発色を実現させたのだが、陶芸という見地でこの成分を見てみると、鉄というのはあくまで不純物だ。焼き上げた時の表面が粗いうえ、勝手に発色してしまう赤色は創作の自由度を阻んでしまう。

　そして、収縮率が非常に高い。本州産の粘土よりも高い確率でひび割れを起こす。このためそもそも、繊細な意匠を表現するのには向かない。

　逆に、こんなにも収縮率の高い土を用いて、よくも先人はレンガなど量産していたものだと感心した。美術品・工芸品である陶芸と違って、工業製品であれば統一規格に沿って一ミリの狂いもないものが求められてきただろう。

大量の規格外品が発生する前提では工業製品としては成り立たないから、野幌粘土で精緻なレンガを実現したのは丹念な乾燥か、それとも焼き方に特段の工夫があったのか。その技術向上の過程を想像すると、光義は父をはじめとする職人達の技量に手を合わせたくなる思いだった。

「負けていられんわな」

　光義は改めて土を練る。目がじゃまだ。目蓋を閉じる。手の中で捏《こ》ねられていく粘土に、自分の腹の底に溜まった情念や、妻が静かに抱えていた怒り、父やその同胞の、すでに失われていった願いが同じ場所に沈殿しているところを想像する。ぬるく湿って、そしてざらざらと手ごわい。力を入れて粘土をさらに練って、捻《ね》じ伏せていく。

工夫を重ね、成形の難しさをカバーするために本州産の土を増やすことにした。野幌粘土が殆どだと粗く指先で御しきれなかったものが、普段使い慣れている土を三割ほどに増やした時点で、こちらの意図を曲線に反映させてくれるようになる。それでもサンプルの碗は野幌粘土の特徴を色濃く残し、主張を続けていた。その赤い色を光義は信用した。

本州産の土とよく混ぜるため、通常よりも長く練り続ける。体が疲れを感じるままに作業に没頭するうち、いつしか過去の断片が脳裏に蘇る。

父の写真の中から明るい表情のものがついに見つからず、疲れ果てた顔の遺影を掲げて執り行った通夜。芯柱が腐りつつあることを知りながら働いていた銀行が看板を下ろした日に感じた非現実感。

そして不妊の原因が男性側、つまり自分自身にあったのだと医師に告げられた日のこと。「私は私でしかない」と言い切りながら、黙々と飯を食っていた妻の目。母親に愛され、しかし自身は母親になれなかった彼女と消費してきた長い年月。

「誰の怒りだ」

粘土の奥に眠る、これは誰の怒りだ。

――〝俺〟の怒りだ。

光義の脳裏で声が反射する。自分の声だけではない。日々を滞りなく廻していく代償に疲れを溜めていった多くの人々。死んでいった者。叶えられなかった希望。自分だけではない知らない誰かの、積もり積もった感情が土を形作るごとに表出していく気がした。

もちろん、粘土層は泥炭層や石油層とは異なり、かつての生き物や植物が沈殿・堆積したものではない。物理的な表象を超え、理智《りち》を跨《また》ぎ、この土に何かが宿っているところを光義は深くイメージした。そうしながら形を作っていくと、当初の、球状に形作る筈の予定が変わっていく。

指が何かを掘りあてる。

掌が何者かに誘導されている。

「来い」

それは光義にとって初めての感覚だった。創作物が自分の意識下に止《とど》まらない。それに不安を感じたのは最初のみ。恐ろしさよりも、誘われるようにして粗い土から造形を作りだした。

「何者かは知らんが、お前が、ここに、来い」

自分の掌と指が導いてきたその形は、動物の頭骨に似ていた。

大きさは大人の腕で一抱えほど。一見、馬とも鹿ともとれる頭骨だが、門歯の両脇には肉食動物のような牙が上下に生えている。また、脳の容積が異常に大きい形状で、明らかに奇怪だった。

光義本人にもなぜそう作ったのかという理由を自分の中にはっきりさせることができない。ただ、土に合わせて手を動かしたらこうなった、としか言えない。

最後に、光義はナイフで二つの眼窩《がんか》を空けた。その位置はやはり、草食動物の目の位置とは異なる。人間や肉食動物のように前方を注視するのに向いた場所に、やはり異様に大きい孔が二つ。眼窩の断面を整えないまま、一つの作業を終わりとした。


十数日にわたる入念な乾燥を経てから、光義は庭に設置した窯小屋で頭骨オブジェの焼成を試みた。乾燥収縮率が高かったのと、サンプルの焼成時の収縮率も高かったのとで、その時よりもやや低く、千度を少し超える位の気持ちで、慎重に経過をみながら火の管理をした。焼いている間、光義の脳裏には余計なヒビが入らないように、割れないように、と通常の焼き入れの時と同じ心配が支配していたのが却って新鮮だった。

そうして、普段よりも長い焼き入れの果てに、オブジェは工房の作業台へと運び込まれた。普段は無難な茶碗や皿が占領する工房で、赤い頭骨は異様な存在感を放っていた。

光義自身、本当にこれを自分の手で作ったのか、未だに疑わしくさえ感じる。
「あら、なんか凄《すご》いの作ったね」
工房に茶を淹れに来た妻は、それだけ言って去っていった。光義にはそれがありがたい。妻に、肯定でも否定でも何か言葉をかけられたなら、自分の中でこのオブジェの意義が弾けて消えてしまいそうだった。

頭骨は想定通りに表面は粗く、色はレンガのような赤みを帯びている。わざとバリを残した目の穴はくろぐろと空き、その二つの洞《ほら》は光義を見つめる。人から評価を貰えるようなものではないと光義も理解している。買うようなもの好きもいないだろう。そもそも誰かに売るつもりもない。

光義は両方の眼窩へと手を伸ばした。親指を除く四本の指をそこに入れる。そして目を閉じる。

オブジェは十分に冷ましたし、もう焼き入れ時の熱を保ってはいない筈だ。なのに、八本の指が内部で温かみを感じる。そこにあるのはただの空洞だと、作った自分が一番よく分かっているのに、確かな熱を感じる。

粘土からこの頭骨を造作している最中に感じた、諸々の感情ともまた違う。未だ知らず、これから知るべきである熱。かつてこの地にあった、何者かであり、何者にもなり得なかった諸々の過去が、空虚という形で混在している。

なぜここに宿った。なぜここに還ってきた。その意味とは、きっと俺個人の思考など超えたところにある。

「そうだな。俺は、俺自身が、器だ」

光義は眼窩に指を入れたまま笑っていた。そして、穴に指先を引っかけて頭骨を持ちあげ、そのまま渾身《こんしん》の力を込めて、硬い床へと叩きつけた。

存外大きな音が家中に響いた。

「どうしたの！」

慌てて隣室から駆け込んできた芳美が床に散乱する破片を目にして言葉を失った。

「いいんだ」

穏やかに答えながら、光義は屈んでひとつひとつ破片を拾う。割れてなお粗い断面は、指に触れても皮膚を切りそうにない。

「また作るから」

これで終わりではない。持てる技術を磨いて注ぎ込んで、さらに次を。

光義は自分の両手を見た。加齢によって深くなった皺の一つ一つ、爪の間の奥に至るまで、粘土の粒子が染みた手と爪。それを支える骨は勤め人時代と比べ、格段に太く硬く変化した。

あの暗い孔の向こうに連なる深淵《しんえん》が俺の知覚する向こう側にあるというのなら、俺はこの手でそれに挑み続けなければならない。

まだ見ぬ形が土から顕れることを確信して、光義の指先が疼《うず》く。魂を受けとめる器を作る、俺自身がまた器だ。最期まで、この手が動く限りはこの土を拓く。土と泥に存分に塗れ、俺はこの土を問い続ける。

［参考文献］

『日中蚕史研究の関係資料集』池田憲司著、池田雄造編、２０１２年
『開拓の村解説シート「養蚕」シリーズ』北海道開拓の村企画普及課発行、２００３年
『北見ブックレット№７　北見の薄荷入門』井上英夫著、北網圏北見文化センター博物部門協力会編・発行、２００２年
『アホウドリを追った日本人――一攫千金の夢と南洋進出』平岡昭利著、２０１５年、岩波新書
『北海の狩猟者』西村武重著、１９６７年、山と溪谷社
『ロマン　のぼり窯』久保栄著、小笠原克編、１９７３年、北方文芸刊行会
『土のかたち'97　野幌粘土の可能性』江別市セラミックアートセンター編・発行、１９９７年

［取材協力］
北見ハッカ記念館
一般社団法人北見市観光協会

解　説

松井今朝子

北海道は根室半島寄りの別海町《べつかいちょう》にある河崎牧場を訪れたのは二〇一七年の四月半ば。暦の上では陽春のはずが、粉雪まじりの寒風に耳を切られ、どちらを向いても地平線の見える広大な原野に取り巻かれた縹渺《ひょうびょう》たる景色に目を奪われた。同じ道東で、毎年のように乗馬をしに訪れる釧路《くしろ》湿原は見馴《みな》れた私の目にも、そこは余りに寂寥《せきりょう》として自然の荒々しさが剝《む》きだしの近寄りがたい領域に映った。

その頃の河崎秋子さんはそこでお兄さん夫婦と百頭以上の乳牛を世話しつつ、二十頭ほどの羊を飼育して「羊飼い」を自称する傍らの執筆活動だった。といっても初めて上梓《じょうし》した小説『颶風《ぐふう》の王』で、既に三浦綾子文学賞とJRA賞馬事文化賞をW受賞されてもいたのである。

一族の六世代にわたる人間と馬との宿縁的な交流を描いたその傑作に私は深い感銘を覚え、著者に会ってみたい気持ちを何げなく編集者に話したところ、早々に文芸誌での対談が実現してご本人を実家にお訪ねしたという次第だ。

冬場はマイナス二十七度の極寒となる戸外で羊たちに給餌し、乳牛は毎朝晩五時台の搾乳が欠かせず、生き物を扱う仕事は当然ながらほぼ年中無休。牧場の作業と食事や最低限の身のまわりのことを済ませてからの執筆は夜十時以降となり、しかも早朝の作業に響かないようにしなくてはならない。聞くだに過酷な文筆生活を平淡に話す河崎さんは、そんな苦労を微塵《みじん》も感じさせない終始穏やかでにこやかな表情だった。

実をいうと、わたしはこちらから会いたいと申し入れながら、直前まで会うのがいささか怖かったのだ。相手は自分の子供であってもおかしくないほどの年齢差がありながら、ナニびびってんだ、あたし……状態だったのである。それは小説の峻烈《しゅんれつ》な表現から、他人を容易に寄せつけない孤高の魂が想像されたせいにほかならない。

が、実際に会ってみたら、礼儀正しく大らかで且つ細やかな気配りのできる、誰とでも理想的な人間関係が築けそうな人柄に見受けられた。そしてそれはよほど強靭《きょうじん》な精神の反映なのだろうと了解し、ますますびびった。

「羊飼いは顔も白い羊が好きな派と、顔の黒い子が好きな派に分かれていて」と話しながら河崎さんが案内された飼育場には顔の黒いサフォーク種が飼われていた。

「やっぱり黒い子のほうが可愛《かわい》いですよね」と無邪気そうにいわれても、河崎さんは自分が育てた羊を食肉加工場から枝肉で引き取って、自らの手で精肉もなさっている方なのである。

「羊に名前とか付けてます？」と思わず問うたら、その時こちらの意図を察知したように続けられた発言が忘れがたい。

「羊は人間に食べられることで自分の種を残すという、生存戦略の側面があるんだと、羊飼いは思ってるんですよね」

本書に収録されていない彼女の作品から借用すれば、「生命の秤《はかり》が違うな」と感じさせる名言だった。さらに今や私たち人類の生存戦略は何なんだろうか、と改めて考えさせられもした。

人類は自らの生存のために太古よりさまざまな仕事をしてきたが、それが今日までずっと続いているケースはほとんどない。本書に収録された短編は、いずれも北海道という厳しい自然環境の下で近代に栄えた産業や職業の消長を通して、人間が今日に生存する意味を問いかける作品群といえよう。

「蛹《さなぎ》の家」は本州から養蚕を早くに導入し、綿密な計画の下で未来にわたって幸福に暮らすはずの一家が、ちょっとした計画の狂いから過酷な自然を前に破滅を辿《たど》る運命が、ぞっとするほど凄惨な光景で描出されている。「未来なんて全て鉈《なた》で刻んでしまえればいいのに」という切なくも冷ややかな娘の呟《つぶや》きが鮮烈な印象を残す作品だ。

良質の毛皮が人間を幸せにできると信じ、丹精込めてミンクを飼育している業者が、その生業自体の残酷さを子供に指弾されるかたちで仕事を失ってしまう「頸《くび》、冷える」。

皮肉な読み方をすれば、これは欧米発信で近年流行する動物福祉《アニマルウエルフエア》ムーブメントの、過去の歴史を顧みない幼稚な性急さを暗に指摘しているようでもある。

そもそも人間が殺生でわが手を汚さずに澄まして生きていられるのは、高度文明社会の一部に過ぎないからではないか、という仮借なき著者の問いかけは「南北海鳥異聞」にもっと顕著だろう。バイオレンスシーンさながらに海鳥を次々と棒で叩《たた》き殺す男が当時それをしていたのは、専ら西洋で使われる羽根ぶとんのためなのだ。海鳥の棲《す》む孤島に置き去りにされて生き地獄を見た彼は、自分たちを殺してでも利益を得ようとする羽毛採取業者に比べたら「自分の手で殺生をした俺はまだましではないのか」と嘯《うそぶ》くのである。

もっとも彼はいやいや海鳥を殺すのではなく、その残忍な作業に熱中し、愉悦すら覚えていることも著者の冷徹な眼は見逃さない。そうした彼もついには「浄もなく、不浄もない」世界へ還《かえ》っていくという俯瞰《ふかん》した死生観で締めくくられる。

過去の人間の仕事は今日ほど均質なものではなかったし、それゆえ仕事に向き合う人間の心理も決して一様ではないのだ。酷使して寿命を縮めた農耕馬を、手厚く埋葬して立派な葬式までしてやる矛盾もまた実に人間らしい行動なのだろう。

その馬の葬儀に立ち合った男の心境を描く「うまねむる」は、近代から「より便利かつ効率的に働ける」現代社会に移行して喪《うしな》われた、人間の大切な感覚を呼び覚ましてくれる。端的にいえば、それは生命の温《ぬく》もりと直《じか》に触れ合い、その温もりが喪われてしまう死を肌で受け止める感覚だ。それが常に実感できた人間は、現代人よりもずっと強《したた》かに生きられたに違いなかった。

国際情勢による好不況の荒波に翻弄され、さらには戦争という究極の大波をかぶっても、大地に広く根を張って強かに生き延びるハッカ草の生産業者を描いた「翠《みどり》に蔓延《はびこ》る」。一時は「世界市場の中核を成し」たハッカによって町に巨万の富が転がり込んだことで夫を商売女に取られても辛抱した妻とて、夫を戦場に取られて殺されたのでは「馬鹿たれ、馬鹿たれっ！　……！　なんでっ、帰ってこれないんだっ！」と絶叫せざるを得ない。それでも息子の代になれば「私らは十分よくやった」と己が人生をねぎらう言葉も自然に出てくるのだ。

便利さと効率を追求し続けた近代以降の社会は人間を豊かにした反面、生産にノルマが課され、労働は徹底的に管理されてゆく。表題作の「土に贖《あがな》う」は戦後急速に需要が伸びたレンガの苛烈な生産現場を舞台に、「皆が皆、同じ動きを繰り返して綺麗《きれい》な直方体になるよう」土から成形されるレンガを近代労働者のメタファーとしている。「少しの歪《ゆが》みや割れが生じれば、正規品からいとも簡単に外される。不要とされ、捨てられ、顧みられることはない」レンガと同様、それを作る人間も容易に使い潰されてしまう近代の生産現場。それゆえ労働者は息子に自分たちとは違った将来を望むのだった。

「温む骨」はその続編で、息子が生きる現代社会の話になる。「背広着て会社で名刺持って働く生活の方が絶対に楽だ」といわれて入行した道内最大手の銀行は、バブル期の無謀な融資が祟《たた》って定年前に敢《あ》えなく破綻。そこから趣味の陶芸を活《い》かそうとした男は、順調に顧客を獲得して今やその道でも十分食べて行けるようになった。だが、それだけでは何か満たされない気持ちが残る。レンガのような規格量産品ではないにしろ、顧客の意に添った注文品を請け負うばかりの自分には物作りとしての「芯がない」と感じてしまうのだ。彼はそんな自分の限界を超えようとして、父親たちがレンガに使った、およそ陶芸には不向きな土に取り組んだ。なかなか扱いきれないその土の奥に眠るのは「日々を滞りなく廻《まわ》していく代償に疲れを溜《た》めていった」自身を含め、多くの人間の積念だと男は認識する。そして悪戦苦闘の末に「自分の意識下に止《とど》まらない」創作物を指がしらずしらずに掘りあててしまう。あたかも漱石の『夢十夜』に見られる運慶のごとくに。

さらに「かつてこの地にあった、何者かであり、何者にもなり得なかった諸々の過去」を土に感じて、「個人の思考など超えたところにある」深淵《しんえん》に挑むべく創作の指先を疼《うず》かせる男の宣言は、河﨑秋子自身の高らかな作家宣言とも受け取れよう。

それにしても、本文をお読みになった方は当然お気づきだろうが、こうした観念的にざっとまとめた解説では、河﨑作品の持つ深みとか重みとかいったものを伝えきれないのがわれながらもどかしい。なぜなら河崎作品は観念に先立って、圧倒的なリアリティを有する筆致の描写が緊密に結びつくことで、現実の厳しさや凄《すさ》まじさを再現しながら、そこに打ち勝つ本源的な生命力を蘇《よみがえ》らせる小説だからである。

もちろん虚構にリアリティを持たせるのは小説の必須とはいえ、昨今はどんなに上手《うま》く面白く書かれた小説でも、そこに現実の手応えをずっしりと感じさせられることが少なくなった。それは小説を書く作家の動機がフィクションに接したことでしかなかったりする一方で、テクノロジーの発達によって多くの職業が虚業化し、日常生活のバーチャル化が進行する現象と不可分ではなかろうと思う。現代において、小説は私たちをほんのつかのま現実から逃避させてくれても、現実を覆すほどの力はもはや望むべくもないのだろうか。

しかし河崎作品に接して、私はそのような懸念を払拭したのである。

河崎さんの強みは、厳しい自然と対峙《たいじ》し、文字通り地に足のついた生業で培われた、羨ましいほどにタフな心身の生みだす、現代では実に稀《まれ》な逞《たくま》しくもおさおさしい筆力であろう。この短編集を改めて読み直した私は心底それに打ちのめされて、またもやびびってしまったのを最後に告白しておく。

（まつい・けさこ　作家）

初出誌　「小説すばる」
蛹の家　二〇一六年十一月号
頸、冷える　二〇一七年三月号
翠に蔓延る　二〇一七年七月号
南北海鳥異聞　二〇一八年一月号
うまねむる　二〇一八年六月号
土に贖う
温む骨　二〇一九年一月号
（「温む骨」として発表したものを二編に分けました）

本書は二〇一九年九月、集英社より刊行されました。

集英社文庫

土《つち》に贖《あがな》う

2022年11月25日　第1刷
2024年6月8日　第3刷

定価はカバーに表示してあります。

著　者　河崎秋子《かわさきあきこ》

発行者　樋口尚也

発行所　株式会社　集英社
東京都千代田区一ツ橋2-5-10　〒101-8050
電話　【編集部】03-3230-6095
【読者係】03-3230-6080
【販売部】03-3230-6393（書店専用）

印　刷　TOPPAN株式会社

製　本　加藤製本株式会社

フォーマットデザイン　アリヤマデザインストア　　マークデザイン　居山浩二

ISBN978-4-08-744451-3 C0193